http://www.bbulmedia.com

BBULMEDIA

http://www.bbulmedia.com

천하제일 호위무사

천하제일 호위무사

2

당문화를 찾는 이들

이민우 신무협 장편 소설

차 례

제1장

유혹의 밤

작금 무림맹을 구성하고 있는 가장 대표적인 세력들은 정파를 대표하는 구파일방과 오대세가, 그리고 사파의 총연맹 사도련이다.

사도련은 사도련주 막도일의 강력한 일인 체제로 여지껏 없었던 최고의 전성기를 누리고 있었다. 늘 정파에게 약세를 보이던 사파가 오늘날 이렇게까지 클 수 있었던 것은 막도일이라는 인물이 있었기에 가능했지만 정파의 모든 것이라고 할 수 있는 구파일방과 오대세가의 대립도 한몫을 차지했다.

무림맹주인 백리운은 슬하에 자식 하나를 두었는데 그

의 이름이 대공자인 백리종운이었다.

백리운 맹주는 온화한 그의 성품대로 분쟁이 생길시 전쟁보다는 평화와 타협을 선호했는데, 그와는 대조적으로 백리종운은 주로 강력한 무력을 통해 분쟁을 해결하려는 모습을 많이 보였다.

그는 당금 무림에 필요한 것은 타인이 두려워하고, 숭배하는 강력한 힘이라고 생각한 까닭이다.

그러한 그의 신념은 무림맹주의 온순하면서도 타협적인 정치적 성향을 싫어하는 호전적인 이들에게 많은 환대를 받았다.

그중 대표적인 세력들이 바로 원로원이었다.

무림맹에 칠할 이상의 세력을 단단히 구축해 놓은 원로원주인 노상춘과 그가 지지하는 대공자 백리종운.

무림맹주인 백리운은 몇 년 전부터 기력을 차츰차츰 잃다가 최근에는 병명도 알 수 없는 병환에 시달려 왔다. 그런 까닭에 대부분의 일에서 손을 뗀 상황이었고, 맹주의 대행으로 추대받은 대공자가 원로원의 지지하에 모든 일을 처리하고 있었다.

이빨 빠진 호랑이라 불리는 무림맹주 백리운과 그를 추종하는 보수파 세력들.

무림에는 새로운 바람이 불고 있었다.

❈   ❈   ❈

은은한 향기가 감도는 방 안.

이곳은 중원에서도 제일 유명하다는 봉황루이다.

기녀들의 용모가 하나같이 사내들의 심금을 울린다는 미녀들로만 이루어진 자타 공인 중원 최고의 기루이다.

이곳은 차를 따르는 시종들조차도 어지간한 최상급 기루의 기녀들과 미모를 견주어도 손색이 없을 정도였고, 기본적으로 악기 두세 개 정도는 다룰 수 있을 정도로 수준이 높았다.

재녀들의 말솜씨는 당대 학사들과 견주어도 손색이 없을 정도며, 그녀들의 연주를 듣는 이는 자신도 모르게 눈시울을 붉힌다는 곳으로도 유명하다.

하나 그렇게 수준 높은 기루라고 하여 술과 음악만 파는 것은 아니었다.

이곳은 일반 기루처럼 화대를 지불하고 마음에 드는 기녀들을 품는 것도 가능했다.

그러다 보니 자연히 주 고객들은 대상인이나 고관대작,

유명 문파들의 자제들이 대부분이었다.

봉황루는 하, 중, 상, 최상으로 분류하여 손님을 접객을 하는데, 술값과 화대는 그에 맞춰 지불하면 된다.

하지만 봉황루에서 일하는 기녀들 중 가장 등급이 낮은 기녀라 할지라도 화대의 액수가 어마어마하기에 일반인들은 감히 엄두도 내지 못했다.

봉황루의 최상층에 자리 잡은 귀빈실.

이곳은 봉황루에서도 가장 극진하게 모셔야 할 손님들을 위해 존재하는 곳이다.

이곳은 가문이 좋고, 돈이 좀 있다고 하여 아무나 출입할 수 있는 그런 곳이 아니다.

아늑하면서도 고풍스러움이 가득 풍겨져 나오는 이곳은 탁자 위에 놓인 찻잔 하나라도 이름 있는 명장의 것으로 준비되어 있을 만큼 어느 물건 하나 진귀하지 않은 것이 없었다.

그런 만큼 이곳에 출입을 하려면 의당 그에 걸맞는 신분을 가지고 있어야 한다.

벽 한쪽에는 호랑이 그림이 그려져 있는 병풍이 쳐져 있었는데, 그 앞에 상석에는 백리종운이 그의 맞은편에는 삼뇌마야 당수기가 앉아 있었다.

적막하기 이를 데 없는 방 안.

후르르륵.

두 사람이 찻물을 들이키는 소리만이 요란스럽게 울려 퍼졌다. 백리종운은 굳은 얼굴로 입을 꾹 다물고 있었고, 그에 반해 당수기는 자신의 안방에 있는 것마냥 편안해 보이는 얼굴을 하고 있었다.

적막을 먼저 깬 것은 대공자 백리종운이었다.

"어쩐 일이요? 이런 곳까지 나를 불러내고."

백리종운이 조소가 가득 담긴 목소리로 물었다. 그는 자신의 심기가 불편하다는 것을 전혀 숨기지 않았다.

그 이유는 그 자신만이 알고 있으리라.

하지만 당수기는 그가 왜 이런 태도를 보이고 있는지 알고 있었다. 그의 심리 상태를 정확히 꿰뚫고 있는 것이다.

후르르륵.

당수기는 천천히 찻잔을 기울여서 찻물을 한 모금 더 마셨다.

상대방의 심리를 정확히 알고 있으니 이리 여유 있게 행동할 수 있는 것이다. 그가 원하는 것을 이미 알고 있으니 소모적인 논쟁을 하지 않아도 되고, 대화를 나눔에 있어 자신에게 좀 더 유리한 쪽으로 이끌어 낼 수 있다.

대화를 자신이 원하는 방향으로 이끌어 내는 것은 머리를 쓰는 자신 같은 이들에게 있어서 가장 기본 중의 기본.

세인들은 제갈세가의 후손들과 자신을 비교하기를 주저하지 않았지만, 그 스스로는 그 누구도 자신의 위에 두질 않았다.

자신이 누구인가? 명실 공이 무림 제일의 두뇌가 아니던가? 그러한 자존감은 그를 지탱해 주는 지략가로서의 자존심이었다.

"심기가 불편해 보이외다."

"편할 리가 없지 않겠소?"

"그 이유를 물어봐도 되겠소?"

"뻔한 거 아니겠소?

"하는 일이 잘 안 되고 있나 보오."

쾅.

백리종운은 주먹을 쥐어 거칠게 탁자를 내리쳤다. 탁자 위에 놓인 그릇이 요란한 소리를 내다가 잦아들었다.

"나를 농락할 셈이오? 아버지가 병환 중이라고는 하나

아직도 건재하시고, 그 딸이라는 계집은 아직도 행방조차 찾고 있질 못하고 있으니. 그대도 이러한 사실을 모르고 있지는 않을 터인데?"

"허허, 대공자께서는 보기와는 달리 성미가 급하시구려. 모든 것은 계획대로 잘되어 가고 있소. 조금만 더 느긋이 기다려 보시구려."

"계획대로 잘되어 가고 있다고? 벌써 이 년이요! 설마 나를 맹주 자리에 앉혀 주겠다는 약속도 잊어버리고 있는 것은 아니오?"

"그럴 일이 있겠소? 무림맹주께서 생각보다 고강한 무공을 가지고 있었나 보오. 무형지독의 효과가 이렇듯 더디게 나타나고 있는 것을 보면."

무형지독? 설마 이들은 무림맹주인 백리운이 중독되어 있었다는 말을 하는 건가?

"흥! 핑계 한번 그럴듯하구려!"

무형지독은 냄새도 향도 맛도 없는 독으로 알려져 있다. 살상력이 그리 뛰어난 독은 아니나 무형지독은 무색무취의 독이라 무방비인 상태의 적을 손쉽게 중독시킬 수 있다는 장점이 있다. 대상자는 자신이 중독되어 있다는 사실도 모른 채 시름시름 앓다가 목숨을 잃는 것이다.

무형지독이 처음 발견된 곳은 어느 마을에서 식수로 사용하는 공동 우물이었다.

그 우물을 사용하고 있는 마을 주민 전원이 중독 증상을 보이다가 이틀 만에 목숨을 잃는 사태가 벌어진 것이다. 사망자는 마을 주민 전원. 진상을 조사하러 수많은 이들이 나섰지만, 그들이 밝혀 낸 것은 마을 사람들이 독에 중독되었다는 것밖에 알 수가 없었다.

향도, 냄새도, 맛도 없는 독.

그 후로 몇 차례 무형지독에 의해 중독된 것이라 의심될 만한 사건들이 있었으나, 명확히 드러난 것은 없었다.

그런 무형지독이 이들에 의해 다시 무림에 모습을 나타났다는 말인가?

"무엇이 이리 대공자를 조급하게 만드는지 모르겠소. 무림맹주께서 곧 승하하실 것은 이미 내정된 사실, 무림맹의 규칙에 따라 맹주직에 있는 사람이 임기를 채우지 못할 경우 원로원의 승인을 받아 그가 남긴 자식이 그 임기를 마저 채우도록 되어 있소. 허나, 임시맹주 조건에도 스무 살이 넘어야 한다는 조건이 붙어 있지요. 맹주의 딸을 찾는다 한들, 아마도 추정되는 나이는 열일곱 살쯤 될 것이오. 그러니 대공자가 우려하는 일은 절대 벌어지지 않을 것이오."

그 말을 들은 백리종운의 기세가 조금은 누그러졌다.

"허나, 만일 하나라는 게 있지 않소?"

"하하하."

당수기가 크게 웃음을 터트린 후 입을 열었다.

"대공자의 성격이 철두철미하다는 것은 내 익히 들어 알고 있으나, 이 정도까지인 줄을 몰랐구려."

당수기는 느긋하게 비어 있는 백리종운 찻잔에 찻물을 따라 주었다.

"그럴 줄 알고 좋은 소식을 하나 준비해 왔소이다. 실은 얼마 전에 저잣거리에서 미친 소리를 하고 다니는 잡놈을 하나 잡았소이다."

"응? 잡놈이라면?"

"그놈은 사천당문에 약초를 대주는 상인 놈인데, 약초를 속여 팔다가 팔 하나가 잘린 놈이요."

백리종운이 혀를 찼다.

"쯧쯧, 간도 크지. 당문에 들어가는 물건에 장난질을 하다니."

"클클, 그게 말이요."

"그런데 그놈이 왜요?"

"그놈이 떠들고 다니기를 당문에 사생아가 한 명 있다고 합니다."

"그게 무슨 소리요? 조금 더 자세히 말해 주시오."

"당문의 가주인 당천혁은 누구보다 아내를 사랑하는 자요. 더군다나 그의 부친인 당학련은 누구보다 당문의 직계존속을 위해 노력하는 자지. 부인과 전대 가주가 버젓이 살아 있는데 가주가 외도를 했을 리는 없을 거요. 만일 그것이 사실이라면 당장 가주직을 박탈당하고 문에서 축출당할 일이지."

"그렇다면 그 약초꾼이 거짓말을 한 게……."

백리종운이 갑자기 손으로 무릎을 내리치며 말을 이었다.

"혹, 그대는 그 사생아라는 놈이 계집과 관계가 있을지도 모른다는 거요?"

당수기가 웃으면서 대답했다.

"역시 대공자시구려. 그렇소! 약초꾼의 말이 사실이라는 가정하에 나는 사생아가 당문화 소저일 수 있다는 의심을 하고 있소이다!"

"그렇다면 조사는 해 보았소?"

"내 진즉에 사람을 풀었소. 조만간 소식이 올 것이니 기다려 보시오."

백리종운의 입에서 탄식 섞인 목소리가 흘러나왔다.

"허, 당문이라니. 전혀 생각도 못했거늘."

"자자, 그 계집의 일은 내가 알아서 잘 처리하겠소. 대공자께서는 마음 푹 놓으시고 좋은 소식만 기다리시면 되오."

당수기가 손을 들어 손뼉을 치자 문이 열리며 여인 한 명이 조심스럽게 발걸음을 들여 놓으며 다소곳한 자세로 앉았다.

단정하게 틀어 올린 머리에 비녀를 꽂았는데 그 자태가 고귀해 보이면서도 우아하기 그지없었다.

깎아 놓은 듯한 이목구비와 단아하게 내리뻗은 콧날.

그 아래로 붉은 장미를 머금은 것처럼 자리 잡은 두툼한 입술은 보는 이로 하여금 감탄을 금치 못하게 했다.

어디 그뿐만이랴.

그녀는 목선이 훤히 드러나 보이는 옷을 입었음에도 불구하고, 여인에게는 왠지 모를 기품이 풍겨져 나와 전혀 천박해 보이지 않았다.

그 아래로 잘록하니 들어간 허리와 은근히 비치는 속살이 묘하게 어우러져 사내의 애간장을 타게 만들었다.

숱하게 많은 미인을 품어 보아 왔음에도 불구하고 백리종운의 눈을 번쩍 뜨게 만들 만한 여인이었다.

백리종운이 당수기에게 들릴까 말까 한 어조로 물었다.

"누구요? 이 여인은?"

"대공자께서 근심이 많으신 듯하여 준비해 두었소이다. 사내라면 의당 술과 여인을 알아야 진정한 사내라고 할 수 있지 않겠소?"

당수기의 말이 떨어지기가 무섭게 여인이 입을 열었다.

"주설화라고 합니다. 부족하지만 천향루의 총관직을 맡고 있습니다."

나긋나긋하면서도 그윽한 목소리다. 백리종운은 여인이 들어온 순간부터 그녀에게서 시선을 떼지 못하고 있었다.

그 모습을 보고 당수기가 말했다.

"미인은 영웅에게 끌린다고 하더니 주 총관의 모습을 보니 그 말이 사실인 듯하구려. 두 분이 잘 어울리는구려. 나는 이만 가 볼 터이니 대공자께서는 좀 더 즐기시다 가시구려."

당수기가 엉덩이를 떼고 나가자, 백리종운이 기다렸다는 듯이 침을 삼키고는 물었다.

꿀꺽.

침 넘어가는 소리가 적막한 방 안에 울려 퍼졌다.

"주 총관이라고 하였소?"

"공자님에게 비교하자면 천하디 천한 계집일 뿐입니다. 말씀을 낮추옵소서."

백리종운의 신분쯤이 되면 총관이 아니라 주인에게도 하대를 할 수 있는 신분이다.

허나, 전혀 기녀 같지 않은 그녀의 모습에 존대가 저절로 나온 것이리라.

자신의 추태를 깨닫고는 백리종운이 헛기침을 한 번 한 후 말을 이었다.

"험험, 그리하도록 하지."

"술을 한잔 올리겠습니다."

기다렸다는 듯이 문이 열리고 여인 한 명이 준비해 놓은 술상을 밀어 놓고 나갔다. 주설화가 술병을 들어 술잔에 술을 채웠다.

쪼르르륵.

"한잔 드시지요."

백리종운은 그 말이 떨어지기가 무섭게 술잔을 입안에 털어 넣었다.

"크흑! 좋구나."

"대공자님을 위해 특별히 준비한 술입니다. 입맛에 맞으십니까?"

백리종운은 그녀가 주는 술 한 잔을 더 삼키며 입을 열었다.

"미인이 주는 술은 화주라도 달다 느껴진다 하였다. 하물며 너 같은 이가 주는 술이 맛없지 않을 리가 없지 않느냐?"

주설화가 기다렸다는 듯이 과일을 한 점 집어 대공자의 입에 넣어 주었다.

"대공자님의 명성은 익히 들어 잘 알고 있었습니다. 소녀는 그런 대공자님의 모습을 먼발치에서나 한 번 뵙고자 오매불망 기다리고 있었습니다. 오늘 이렇게 뜻하지 않게 기회가 닿았으니 소녀가 못나 보이지 않는다면 대공자님을 모실 수 있게 허락해 주시옵소서."

주설화는 자리에서 조심스럽게 일어나더니 옷고름을 풀었다.

스르르륵.

그녀는 속옷도 입지 않은 채 속이 훤히 보이는 얇은 잠의만을 걸치고 있었다. 군데군데 드러난 뽀얀 속살이 백리종운의 시야를 어지럽혔다. 보일까 말까 한 그 모습이 그를 더욱 미치게 만들었다.

과일은 보기에도 싱그럽고 먹음직스러워 보여도 그 떫

은 맛이 가시고, 무르익기 전에는 그 달콤함이 쉽게 나타나지 않는 법이다.

여체 또한 그러한 과일과 다를 바가 없다.

주설화의 몸은 무르익을 대로 익어 그 달콤함이 절정에 이른 과실과도 같았다. 백리종운은 그 과실향에 정신이 아득해지는 것 같았다.

주설화가 옆으로 살짝 몸을 비틀며 백리종운에게 밀착했다. 그 바람에 몸의 굴곡이 여실히 드러났다.

아마도 거절할 수 없는 유혹이라는 게 바로 이런 종류의 것인가 보다.

백리종운은 저도 모르게 손을 들어 주설화의 어깨를 살며시 어루만졌다.

주설화에게서 풍기는 체향과 은은하면서도 달콤한 분내음이 어우러져 백리종운의 코끝을 간질이며 지나쳤다.

그리고 귓가로 전해져 오는 뜨거운 숨결.

"한 남자를 위해 이십 년간 순결을 지켜 온 몸입니다. 천한 계집이라 내치지 마시고, 부디 어여삐 여겨 주소서."

주설화가 백리종운의 귓가에 대고 속삭였다.

그 소리가 마치 꿈속에서 들리는 것처럼 아련하면서도 달콤하기 짝이 없었다.

백리종운이 마치 홀린 듯 주설화의 어깨, 목덜미를 지나 가슴에까지 손길을 내뻗었다.

주설화의 몸은 잔뜩 경직되어 있었다. 그의 손길이 닿을 때마다 파르르 떠는 게 느껴질 정도였다. 그 모습이 마치 사냥꾼에 잡힌 새처럼 애처로워 보이기 그지없어 보였다.

아마도 그녀의 말처럼 남자의 손길을 처음 느껴 보는 듯하다.

한 번도 지나가지 않은 곳을 정복하고 있다는 묘한 쾌감과 욕구가 백리종운을 자극했다. 그의 손길은 점차 대담해졌다. 살며시 그녀의 속살을 쓰다듬는가 싶더니 무방비 상태로 노출되어 있는 둔부를 꽉 움켜줬다.

"아, 아픕니다. 공자."

주설화의 입이 벌어지며 달콤한 향내를 내뿜었다.

백리종운은 더 이상 참지 못하고 그녀를 바닥에 눕혔다.

뱀이 허물 벗듯 주설화의 잠의가 벗겨지고, 백리종운 또한 금세 전라의 몸이 되었다.

백리종운의 눈동자에는 어느새 욕망이 가득 들어차 있었다.

두 사람의 눈이 허공에서 얽혔다.

주설화가 그런 그를 꼭 끌어안으며 귓가에 속삭였다.

"무섭습니다. 대공자님."

"후후, 두려워 마시오. 처음은 다 그런 것이니."

"아니요. 제 말은 그런 뜻이 아닙니다. 소녀는 오늘 이후 다시 대공자님이 저를 찾지 않으실까 봐 그게 무섭다는 뜻입니다."

애처로운 떨림은 몸을 통해 고스란히 그에게도 전해졌다. 그녀의 심장 소리가 조용한 방 안을 가득 메웠다.

백리종운이 그녀를 꽉 끌어안으며 그녀의 몸 위로 체중을 실었다.

"걱정 마시오! 내 그대를 버릴 일은 없을 터이니. 오늘부터 그대는 내 여자요!"

"약조하시는 건가요?"

"내 약조하리다. 원한다면 문서로 남겨 줄 수도 있소!"

주설화가 고개를 내저었다.

"아니요. 저는 공자님을 모실 수만 있다면 시종이 되어도 상관없습니다. 부디 내치지만 말아 주세요."

어쩌면 이렇게 말 또한 곱게 할 수 있을까? 백리종운은 말뿐만이 아니라 정말로 그녀를 첩실로 삼을 작정이었다. 아니, 원한다면 부인에 자리에도 앉힐 작정이었다.

백리종운은 여지껏 무수히 많은 여인을 품에 품어 보았다.

허나, 이 여인은 한번 품고 지나갔던 그런 여인들과는 달랐다. 뭐가 다른지는 말로는 표현할 수 없으나 그것은 백리종운이 태어나서 처음으로 여인에게 느껴 보는 감정이었다.

백리종운은 대답 대신 하체에 힘을 실어 넣었다.

"하악!"

주설화가 생전 처음 느껴 보는 고통과 희열에 몸을 파르르 떨었다. 달뜬 음성이 그녀의 입을 통해 흘러나왔다.

"사, 상공!"

❖　　❖　　❖

같은 시각.

당수기는 봉황루의 깊숙한 곳에 위치한 후원에서 노닐고 있는 물고기를 구경하고 있었다.

휙. 휙.

그는 반복적으로 무언가를 연못 안에 집어 던지고 있었다.

그것은 물고기에게 주는 밥이었다.

그가 던진 물고기 밥이 수면 위에서 잠시 머무르다가 물고기에 의해 사라지기를 반복했다.

당수기의 시선이 밤하늘로 향했다.

휘황찬란한 달이 지면을 향해 눈부시게 밝혀 주고 있었다. 달을 보고 있노라면 모든 근심과 걱정이 씻겨져 나가고 심신을 평화로워지는 것 같았다. 당수기는 저도 모르게 탄식성을 내뱉었다.

"참으로 좋은 밤이로다."

그러기를 얼마나 지났을까? 돌연 달빛에 비친 연못에 사람의 그림자가 아른거리더니, 이내 사람의 형체를 갖췄다.

"보고드릴 것이 있습니다!"

이름도 얼굴도 나이도 몰랐으나, 당수기는 그가 누구인지 한 번에 알아차릴 수 있었다.

바로 련주가 자신에게 내어 준 비영대 조원 중 한 명이었다.

당수기는 잠시 부복을 하고 있는 그를 쳐다보다가 고개를 돌렸다.

"보고하라."

"십칠 년 전 사천당문에서 아이를 받은 의원을 찾았습

니다."

"오호, 그래?!"

순간 당수기의 손이 멈칫거렸다.

"의원은 어디 있느냐?"

"잡아다가 심문 중입니다."

"잘되었다. 밝혀 낸 사실은?"

"그자의 말로는 그날 사천당문에서 출산된 아이는 남자 아이 한 명이라고 하였습니다."

"한 명? 그것이 분명하더냐?"

"예! 그날 자신이 받은 아이는 한 명이며, 근 몇 년 동안 그 집에서 아이는 태어나지 않았다고 합니다."

"쌍둥이가 아니란 말이지?"

"예, 그렇습니다!"

그 말을 들은 당수기의 머릿속이 복잡해지기 시작했다.

저잣거리에서 떠들고 다니는 약초꾼은 당문에 사생아가 있다고 했다. 그의 말이 사실이라면 당문화나 그의 오라비인 당찬우. 둘 중의 한 명이 배다른 자식이라는 소리다. 하지만 의원의 말로는 자신이 직접 받은 아이가 남자라고 했으니. 당찬우는 가주인 당천혁과 부인 사이에서 나온 자식임이 분명하다.

그렇다면 당문화는 어떻게 된 것인가?

분명 세상 사람들은 당문화와 당찬우가 이란성 쌍둥이라고 알고 있지 않은가? 그렇다면 결론은 한 가지.

의원이 거짓말을 하고 있던가, 아니면 당문이 세상을 속이고 있는 것이다.

"오호, 그렇단 말이지? 결국 그랬었군."

당수기는 혼잣말로 중얼거렸다. 자신의 예상대로 당문화에게 뭔가가 있음을 알아낸 것이다.

저잣거리에서 떠들고 다니는 약초꾼은 당문화가 사생아라고 했지만, 그것은 아마도 약초꾼이 잘못 알고 떠들어 댔을 것이다.

당문화에 대해서 조금 더 조사를 해 봐야 알겠지만, 자신의 직감대로라면 당문화가 바로 맹주의 딸임이 분명했다.

당수기는 부복하고 있는 이의 공을 치하했다.

"수고했다."

"의원은 어떻게 할까요?"

"이제는 필요 없는 놈이니 죽여야겠지. 적당히 처리해서 잘 묻어 줘라. 다른 사람 눈에 띄지 않게."

"알겠습니다!"

"당문화의 소재는 파악되었는가?"

"예, 현재 무림학관에 입학하여 생활하고 있습니다."

"무림학관에? 세가에 있는 것이 아니고?"

"알아본 바에 의하면 당문화는 남궁세가의 장자인 남궁현승을 사모하고 있다고 합니다. 아마도 그를 쫓아 무림학관에 입학한 것으로 추정하고 있습니다."

당수기가 혀를 찼다.

"쯧쯧, 어리석은… 어찌 됐거나 우리에게는 잘된 일이다. 그녀에게 사람을 붙여라. 일어나서 잘 때까지 측간에 갈 때도 예외는 아니다. 그녀의 행동 사소한 것 하나까지도 빠짐없이 감시하고 보고하라."

"예, 알겠습니다!"

보고를 마친 비영대 조원은 부복하고 있는 그 자세 그대로 시야에서 사라졌다. 잠시 형체가 아른거리더니 그대로 사라진 것이다.

언제 보아도 참으로 놀라운 수법이었다.

비영대 조원이 사라진 후, 당수기는 손아귀에 남아 있는 물고기 밥을 모두 연못에 집어 던졌다.

물고기들이 먹이를 먹기 위해 몰려드는 통에 잔잔한 연못에 한바탕 파동이 일어났다.

"후후, 참으로 좋은 밤이야."

그것을 쳐다보는 그의 입가에는 미소가 가득 걸려 있었다.

❖　　❖　　❖

인생무상이요, 제행무상이라.

어찌 보면 길다고도 할 수 있고, 짧다고도 할 수 있는 것이 인생이라 말할 수 있을 것이다.

세월이 흘러가는 것은 돛단배가 순풍을 타고 가듯 그렇게 물 흐르듯이 사라지는 것이다.

정말 행복했던 순간, 기대하던 순간도 어느새 순식간에 내 앞에 왔다고 생각이 들지만, 또 순간 지나가 버리고. 너무 괴로웠던 순간, 오지 말았으면 하던 순간도 어느새 내 생활에 가득 차 있다가 또 그것 역시 지나가 버린다.

그것이 인생이고, 세상의 조화요 이치이니 어찌 인간으로서 순응하지 않고 살아갈 수 있단 말인가?

화무린이 무림학관에 입학한 지 벌써 한 달이라는 시간이 흘러가고 있었다.

참으로 빠르다면 빠르다는 시간이요, 느리다면 느리다

고 할 수 있는 시간이다.

화무린은 그동안 아무런 수련도 수업도 참가하지 않았다.

사실 그녀의 수준이라면 무림학관에서의 수업은 무의미했다. 그래서 당문화의 뒤나 졸졸 쫓아다녔다. 그러다가 그녀는 당문화를 은밀한 눈으로 주시하고 있는 존재가 있다는 것을 알아차렸다.

아마 며칠 전부터였을 것이다.

그녀에게 감시자가 붙은 것은.

자신의 존재를 철저하게 은폐하며 주위 사물을 이용하여 숨을 줄 아는 자.

화무린이 세심하게 주의를 기울이지 않으면 자칫 기척을 놓칠 수 있을 정도에 수준에 이른 자이다. 하기야 그 정도는 되어야 무림학관 내에서 주위에 이목에 신경 쓰지 않고 은신술을 펼칠 수 있을 것이다.

하지만 화무린이 누구이던가? 그녀는 마음만 먹으면 백 장 밖에 개미 기어 다니는 소리까지도 들을 수 있다.

어려서부터 오감을 극대화하는 훈련과 기감을 사용하는 방법을 깨우친 화무린이기에 가능한 일이지만, 그런 그녀의 신경에 거슬릴 정도의 수준이라면 분명히 이런 쪽으로 전문적인 교육을 받은 이가 틀림없었다.

'상대 쪽에서 당문화의 존재를 알아차린 것인가?'

무엇 하나 뚜렷하니 밝혀진 것은 없었지만 화무린은 그런 의심을 지워 버릴 수가 없었다.

타초경사라. 화무린이 마음만 먹으면 감시자를 잡을 수도 있었지만, 화무린은 그냥 내버려 두는 쪽을 택했다. 굳이 상대방에게 경각심을 높여 줄 필요는 없다는 생각에서였다.

어차피 당문화 스스로도 본인의 신분에 대한 자각심이 없으니 의심을 살 만한 행동을 저지르지는 않을 것이다.

화무린의 시선이 뒤쪽에 있는 사자 석상을 향했다.

고개를 빼죽 내밀고 석상 뒤에 숨어 있는 자가 보였다.

그 모습을 보고 화무린이 피식 웃었다.

파호영이라고 했던가? 막도위 패거리들 중 한 명으로 막도위의 오른쪽을 늘 지키고 있는 놈.

무엇 때문에 자신의 주변에서 어슬렁거리는지는 모르겠으나, 화무린이 보기에는 어설프기 짝이 없었다. 저건 감시라고 하기에는 조금 문제가 있었다.

"흐음. 피곤하게 됐군."

화무린이 중얼거렸다.

문제는 앞에 놈이었다. 파호영이야 자신을 주시하고

있으니 문제가 되질 않지만, 당문화를 감시하고 있는 놈
은 언제 당문화에게 무슨 짓을 저지를지 모르니 화무린
입장에서는 피곤한 일이 아닐 수가 없었다.

더군다나 저놈 때문에 화무린은 며칠 동안 잠도 제대
로 자지 못했다.

당문화의 침대가 마침 창문가에 붙어 있는지라 혹시라
도 있을지도 모를 침입에 신경을 쓰느라 잠을 이루지 못
한 까닭이다.

"에잇, 뭔 수를 내던가 해야지 안 되겠군."

화무린은 투덜거렸다.

그날 밤.

우지지끈!

"까아아악!!!"

세안을 끝내고 자신의 침대 위로 몸을 날린 당문화는
때 아닌 비명 소리를 외쳐야만 했다.

무게를 지탱해 줘야 할 나무 받침대가 갑자기 아래로
꺼져 버리며 박살 난 것이다. 갑자기 들려온 굉음에 옆방
은 물론 아래층에서 묶고 있는 이들도 위층으로 쫓아왔
다. 그러다가 침대가 부서진 것을 알고는 다시 자신의 방

으로 돌아갔다.

"괜찮아요?"

같은 방에 묶고 있는 모용수미가 다가와 걱정 어린 표정으로 물었다. 당문화는 완전히 무방비인 상태로 머리부터 바닥으로 거꾸러져 있었다.

"아야야!"

당문화는 머리통을 매만지며 가까스로 몸을 일으켰다. 아무리 무공을 익혔다고는 하나 무방비일 때는 가벼운 꿀밤도 아프게 느껴지는 법이다. 당문화의 시선이 부서진 침대를 향했다.

조금 전까지만 해도 멀쩡하던 침대가 나뭇결에 따라 두 동강이 나 있었다.

화무린이 그런 당문화를 보고 혀를 찼다.

"쯧쯧, 얼마나 무거우면 침대가 꺼질까?"

"아니에요! 내가 얼마나 날씬한 대요?"

"그건 네 생각이고. 그러고 보니 너 살찐 거 같다?"

"진짜요?"

당문화가 급히 동경을 들여다봤다. 그러고 보니 이곳에 온 후로 편하게 먹고 놀고 자기만 하느라 훈련을 게을리했더니 살이 조금 붙은 거 같기도 했다.

"여자는 자기 관리가 가장 중요한 거 몰라? 남자들은 뚱뚱한 여자 싫어한다. 그러다가 남궁현승이 너 싫다고 도망가면 어쩌려고 그래?"

당문화는 괜히 애꿎은 침대를 탓했다.

"에잇, 무슨 침대를 이렇게 약하게 만들었담?"

"쯧쯧, 그러지 말고 베개 들고 이리와. 침대를 수리하려면 며칠 걸릴 테니까 그때까진 나랑 같은 침대를 쓰자."

"네?"

"그러면 바닥에서 잘 거야?"

당문화는 바닥에서 잠을 자본 적이 몇 번 없었다.

몇 번이야 경험은 있었지만, 그럴 때마다 바닥이 주는 딱딱함에 제대로 잠을 못잔 적이 더 많았다.

하지만 한 침대에서 두 명이 자기에는 조금 비좁을 것 같기도 했다. 그리고 괜히 뒤척거리다가 부딪히기라도 하면 깰 것 같기도 하고.

그렇다고 바닥에서 자기는 싫고⋯⋯.

"침대가 주는 푹신함을 버릴 작정이야? 괜히 바닥에서 자고 일어나서 허리 아프다고 하지 말고 오랄 때 와 난 괜찮으니까. 뭐해? 어서 베개 들고 오라니까?"

반 강요 섞인 화무린의 회유에 당문화가 떨떠름한 목

소리로 물었다.

"지, 진짜 괜찮아요?"

"대신 내가 바깥쪽에서 잘 거야. 안쪽은 답답해서 싫거든."

화무린이 그렇게 말한 이유는 간단했다. 자신이 바깥쪽에 있어야 침입자로부터 당문화를 손쉽게 지켜 줄 수가 있었기 때문이다. 화무린이 자신의 침대를 일부러 망가트린 것도 모른 채 당문화가 고마움에 어쩔 줄 몰라 했다.

"고마워요 언니, 난 언니가 저를 이렇게까지 생각해 주는 줄 몰랐어요."

화무린이 침도 안 바르고 거짓말을 했다.

"그럼, 내가 너를 얼마나 아끼는데? 살다 보면 다 그럴 수도 있는 거지. 이제부터 네 침대다 생각하고 편히 사용하도록 해. 난 신경 쓰지 말고."

모두가 잠든 야심한 시각.

화무린은 눈은 감고 있었지만 좀처럼 잠을 이룰 수가 없었다.

쌔액쌔액.

여인이 쌔근거리는 소리가 천둥번개 소리처럼 귓가에

울려 퍼지고 있었다.

'거참, 미치겠네!'

고개를 슬며시 옆으로 돌리자, 당문화의 얼굴에 시야에 들어왔다.

누가 여인의 자는 모습이 가장 아름답다고 했는가?

옛말에 틀린 말이 하나도 없었다.

멀리서 볼 때는 몰랐는데, 가까이서 보자 당문화가 제법 예쁘게 보였다.

가지런히 자란 긴 속눈썹, 그 아래로 내리뻗은 콧날, 살며시 벌어져 숨을 토해 내고 있는 입술. 조금은 제멋대로 흐트러진 머리카락. 철부지인 줄만 알았는데 자는 모습을 보니 성숙미가 물씬 풍겨져 나온다. 그 아래로 봉긋 솟은 가슴과 잘록한 허리선, 미끈한 허벅지가 제멋대로 튀어나와 미끈한 각선미를 뽐낸다.

화무린은 저도 모르게 손을 들어 드러난 어깨를 매만졌다.

잡티 하나 없는 보들보들한 촉감이 손끝에서부터 전해졌다.

그리고 그 아래로 봉긋 솟은 가슴.

꿀꺽.

화무린은 저도 모르게 따라 내려가는 손을 보고 깜짝 놀라며, 몸에 힘을 주었다.

관성의 법칙에 따라 내려가던 손이 물리적인 힘에 의해 멈춰서며 파르르 떨려 왔다.

'무황아 무황아, 왜이러니. 너는 고고한 선비와도 같은 기품을 가진 남자가 아니더냐. 지금 이게 뭐하는 짓이야, 변태처럼!'

그때 때마침 당문화가 몸을 뒤척거리며 팔을 화무린의 가슴팍에 척하니 올려놓았다.

"허억!"

화무린은 헛바람을 잔뜩 들어 삼킨 채로 얼른 눈을 감았다. 혹시나 당문화가 자신의 이런 추태를 보지 않았을까 하는 걱정이 무럭무럭 솟구쳤다.

짧은 정적의 시간이 지나가고 화무린은 부동자세로 귀를 쫑긋 세웠다.

더 이상 움직이는 기척은 느껴지지 않고, 낮게 깔린 숨소리가 귓가에 울려 퍼졌다. 화무린은 그제야 몸에 잔뜩 힘이 들어간 것을 깨닫고 한숨을 내쉬며 몸에 긴장을 풀었다.

"휴우……."

정말이지 심장이 멎는 줄만 알았다.

자라보고 놀란 가슴 쇠뚜껑 보고 놀란다고 화무린이 딱 그 짝이었다.

하지만 그것도 잠시 긴장으로 인해 묻어 두었던 욕정이 일어나며, 남자의 본성이 서서히 깨어나고 있었다.

'아, 안 돼!'

손이 또다시 제멋대로 움직이고 있었다.

슬금슬금 당문화의 상체를 타고 지나가더니 점점 그 아래로 향하고 있었다.

그 때였다.

화무린의 몸에서 변화가 일어난 것은!

돌연 골격이 뒤틀리고, 안면의 근육이 가려워지기 시작한 것이다.

양기의 기운이 몸속 깊은 곳에서부터 솟구치자, 변체환용술이 서서히 깨어지고 있는 것이다.

화무린은 서둘러 손을 회수하고, 천장을 보며 주문을 외쳤다.

'맙소사! 난 여자다. 여자. 남자가 아니야!'

주문이 효과가 있었던 것일까?

뒤틀리던 골격이 움직임을 멈추더니 이내 원상태로 회

복했다.

화무린은 자신의 몸 상태를 확인하고는 여자의 몸이라
는 것을 확인하고 한숨을 내쉬었다.

"휴우. 하마터면 큰일 날 뻔했네."

다음 날 아침.

당문화가 눈을 뜨자 옆에 눈이 벌게져서 천장을 멀뚱
멀뚱 쳐다보고 있는 화무린의 모습이 보였다. 그녀가 깜
짝 놀라며 물었다.

"어머, 언니 눈이 왜 그래요?"

"내 눈이 어때서?"

"피가 흘러내릴 것 같은데요? 잠 못 잤어요?"

"응, 조금 생각이 많아져서."

"생각이요?"

당문화가 고개를 갸우뚱거렸다.

"아참, 언니 혹시 자면서 더듬는 버릇 있으세요?"

화무린이 깜짝 놀라며 되물었다.

"그건, 왜?"

"실은 제가 어젯밤에 꿈을 꾼 것 같은데요. 꿈속에서
어떤 남자가 내 몸을 마구 더듬었어요."

"나, 남자?"

"네, 너무 생생해요. 혹시 언니가 그랬나 싶어서 물어본 거예요."

화무린이 괜히 찔려 과잉 반응을 했다.

"이제 봤더니 동생 엉큼한 구석이 있네. 벌써부터 밝히는 거야? 남궁현승은 네가 이런 여자라는 거 알아?"

"어머, 언니!!!"

당문화가 소리를 빽 하니 질렀다.

"아니면 아니지 소리는 왜 질러? 귀청 떨어지겠네."

화무린이 너스레를 떨며 귓구멍을 후볐다.

당문화가 새침한 모습을 외쳤다.

"전 그런 사람 아니에요!"

"아닌지 맞는지 네가 어떻게 알아? 하여튼 조심해. 남자는 다 똑같으니까. 남궁현승이라고 다를 줄 알아? 괜히 뻔한 수작질에 넘어가서 몸 버리는 일 없도록 해. 여자는 한번 당하면 끝인 거 너도 잘 알지?"

"언니!!!"

제2장

주변을 맴도는 자들

식당 이층 안쪽에 자리 잡은 구석.

그곳에 몇 명의 인원이 자신들의 안방인 마냥 편하게 자리를 잡고 담소를 나누고 있었다. 이층은 오로지 명문 세가의 자식들을 위한 공간이기에 학관에서 정해진 식사 시간에 구애를 받지 않는다. 아무 때나 와서 식사를 할 수 있고, 또 식사 이외에 사적인 공간으로 활용을 해도 상관이 없었다.

때문에 대부분의 이들은 이층 공간을 차를 마시거나 담소를 나누는 자신들만의 공간으로 사용했다.

막도위는 요즘에 살맛이 났다.

아버지의 명에 따라 무림학관에 입학은 했지만, 무엇하나 재미있는 일이 없으니 하루하루가 지루해서 죽을 맛이었다. 그러던 찰나에 자신의 호기심을 자극하는 화무린이라는 이를 만났으니, 요즘 막도위의 신경은 온통 그녀에게 쏠려 있었다.

그의 맞은편에는 아래로 눈을 내리깔고 있는 차가워 보이는 인상의 여인이 앉아 있었다.

그녀의 이름은 사파제일미녀라고 알려진 막장미.

무림에는 도저히 인세에서는 그 아름다움을 비할 곳이 없다고 하여 알려진 삼대미녀가 존재한다.

황보세가의 황보소연과 도화곡의 곡주 백화련. 그리고 마지막 한 명이 바로 사파제일미녀라고 알려진 막장미다.

황보소연은 현 남궁세가의 가주와 결혼을 하여 남궁현승을 낳았고, 십대 신비 문파 중 하나인 도화곡의 곡주는 세상에 딱 한 번 얼굴을 들어내고 자취를 감췄다. 그 후 감감 무소식이니 그녀의 얼굴을 본 이들은 천하제일미녀를 손꼽으라면 주저 없이 가장 먼저 그녀의 이름을 불렀다.

그리고 마지막으로 알려진 미녀가 바로 막장미이다.

올해 열일곱 살의 나이로, 사도련주의 넷째 딸이기도

한 그녀는 희고 깨끗한 피부를 가진 덕분에 설봉이라고 불리기도 한다.

그녀는 유독 어렸을 때부터 많은 관심을 받고 자랐다. 삼대미녀 중 유일하게 약관을 넘지 않은 나이이고, 사도련주라는 든든한 뒷배경이 자리 잡고 있는 까닭이다. 그래서인지 남자 보기를 돌같이 여기고, 뭐든지 제멋대로 생각하는 경향이 있었다.

그녀가 싫어하는 것이 있다면, 그것은 바로 자신의 이름이다. 사도련주가 막장미의 어머니에게 장미꽃과 함께 청혼했다고 하여, 그녀의 이름을 장미라고 지었지만, 아버지인 성을 붙이니 조금은 우스꽝스러운 이름이 된 것이다.

그녀와 막도위는 배다른 남매이다. 사도련주 정도의 지위를 가지고 있는 자는 부인 두세 명은 기본이요, 삼사첩도 거느리기에 별로 흠이라고 할 것도 없었다.

"대장, 대장!"

파호영이 호들갑을 떨며 이층으로 올라왔다. 어찌나 급하게 뛰어왔는지 허리를 꺾으며 숨을 헐떡거렸다.

숨을 한참이나 몰아쉬던 그는 막도위 옆에 있는 여인을 발견했다.

"응? 막장미도 있었네?"

그 말을 들은 막장미의 눈꼬리가 한껏 치켜 올라갔다.

"설봉이라고 부르라니까?"

파호영이 아차 싶어서 즉시 사과했다.

"아. 미안. 설봉"

"흥!"

막장미는 자신의 이름을 부르는 것을 가장 싫어했다. 그것은 오빠인 막도위도 예외는 아니었다. 자신의 이름을 부를 때면 지금처럼 쏘아붙이곤 했다.

"쯧쯧, 조심 좀 하지 않고."

막도위가 그런 파호영에게 경각심을 일깨워 줬다. 동생이라고는 하나 막장미는 자신도 함부로 대하기 까다로운 동생이었다.

"무슨 일인데 그렇게 호들갑이야?"

"대장이 화 소저에 대해서 알아보라고 했잖아!"

"화무린 말이야?"

"응!"

"뭔데?"

"화무린의 가문이 절강에 있는 철가장이라고 그랬지?"

분명히 그랬다. 면접관을 매수하여 기록을 살펴본 결

과 그녀의 가문은 분명 철가장이었으니까.

"그런데 왜?"

"내가 절강에 있는 사람에게 부탁해서 철가장에 대해서 알아봤는데."

"봤는데?"

"오래전에 망한 장원이라는데?"

"뭐야? 망해?"

"버려진 지 십 년도 넘었대."

"십 년이나 됐다고?"

"그리고 또 한 가지가 있는데, 그곳 장주는 살아생전 자식이 없었대. 화무린이라는 이름을 댔더니 근방 사람들도 다들 모르더라고. 뭔가 이상하지 않아?"

"그래?"

그 말이 사실이라면 확실히 이상했다.

하긴, 화무린 정도 되는 외모에 무공이라면 알려졌어도 진즉에 알려졌어야 했다. 무림이라는 바닥은 의외로 좁고, 남 이야기 떠들기를 좋아하는 호사꾼들이 그녀를 가만 내버려 두지 않았을 것이니까.

여지껏 그녀에 관한 소문이 단 하나도 나지 않았다는 것은 분명 이상한 일이었다. 더군다나 다른 사람도 아닌 주변 이웃들도 그녀의 존재에 대해 모른다는 것은 말 그대로 어불성설.

"그렇단 말이지?"

힐끔.

막도위는 자신의 위치에서 멀리 떨어지지 않은 곳을 바라봤다.

그곳에는 남궁현승을 비롯한 패거리들이 있었고, 그 속에는 화무린과 당문화가 섞여 있었다.

무슨 재미있는 이야기를 하는지 웃음이 끊이질 않고 있었다.

화기애애한 분위기에 괜히 심사가 뒤틀렸다.

"재미있어지겠군."

끼이이익.

막도위가 자리에서 일어나자 그가 앉았던 의자가 뒤로 밀려나며 마찰음 소리를 냈다.

"응? 어디가?"

파호영과 막장미가 물었다.

"판 깨로."

막도위가 어슬렁어슬렁 그들이 있는 곳으로 향했다.

"응? 저놈은 뭔데 이쪽으로 오는 거야?"

이상한 낌새를 가장 먼저 알아차린 것은 종남파의 풍일이었다. 여태까지의 경험으로 미루어 보아 막도위와 어울려서 좋은 결과를 얻었던 적은 단 한 번도 없었다. 그러다 보니 자연 그들은 경계를 가질 수밖에 없었다.

그 옆에 있던 독고진과 남궁현승도 하던 일을 멈추고 막도위가 오는 방향을 쳐다보고 있었다.

화기애애하던 분위기는 삽시간에 끊기고, 정적과 긴장감만이 장내에 맴돌았다.

"네가 이곳에는 무슨 볼일이지?"

가장 먼저 말을 떼어 놓은 것은 남궁현승이었다.

모두가 말은 하지 않았지만 모여 있는 일행들은 은연중에 남궁현승을 대장쯤으로 여기고 있었다. 무공뿐만이 아니라 다른 여러 가지 면에서도 여기 있는 이들보다 뛰어났기 때문이다. 그래서 늘 문제가 생기면 남궁현승의 주도하에 일을 해나가곤 했다.

"후후, 남궁현승. 긴장하지 마라. 너한테 볼일이 있어서 온 것은 아니니까."

막도위가 턱으로 화무린을 가리켰다.

"내가 볼일이 있는 곳은 이쪽이야."

"나?"

화무린이 두 눈을 동그랗게 뜨며 물었다.

"무슨 일 때문에 그러지?"

"네 가문이 철가장이라고 했던가?"

괜히 철가장 이야기가 나오니까 화무린이 뜨끔한 표정을 지었다.

무슨 의도에서 묻는 건지는 몰라도 표정을 보아하니 좋은 의도로 물어본 것은 아닌 것 같았다.

"응? 갑자기 그게 무슨 소리야?"

"다름이 아니라 알고 봤더니 내 일행 중에 철가주님과 인연이 있는 녀석이 있더라고. 그래서 안부나 물어보려고. 철가주님은 건강히 잘 계시지?"

"으, 응?"

화무린이 어떻게 대답을 해야 하나 잠시 고민했다.

알지도 못하는 철가주의 건강을 무슨 수로 그녀가 알고 있겠는가? 그렇다고 사실대로 이야기할 수도 없는 노릇이다.

화무린은 대답 대신 막도위의 표정을 관찰했다.

비릿한 웃음을 머금고 있는 것이 순수한 의도에서 안부를 묻는 것은 아닌 듯했다.

'젠장, 저 자식 무슨 꿍꿍이야?'

화무린은 일단 그냥 얼버무리는 쪽을 선택했다.

"뭐, 그냥 잘 계시지."

"그래? 다행이네. 내가 듣기론 철가주님 건강이 별로 좋지 않으셨다고 들었는데. 다 쾌차하신 거야?"

"으응. 아직도 그냥 그래."

"네가 걱정이 많겠다."

모르는 사람이 보고 있자니 두 사람이 엄청 친한 사이로 보일만 하다.

하지만 정작 당사자인 화무린은 미치고 팔짝뛸 노릇이다. 있지도 않은 아버지의 병 이야기를 하고 있으려니 이 자리가 그야말로 좌불안석이다.

그 말을 들은 남궁현승 일행들이 한마디씩 건넸다.

"화 소저 아버님이 병환 중이셨소?"

"언니, 섭섭해요. 우리는 감쪽같이 몰랐네. 왜 말 안 해줬어요?"

일행들이 이구동성으로 입을 모았다.

정확히 이야기하자면 막도위가 알고 있는 사실을 자신들이 모르고 있었다는 서운함에 대한 표출일 것이다.

자신들 딴에는 화무린과 꽤 가까운 사이라고 생각하고

있었는데, 자신들도 모르는 그녀에 관한 이야기가 막도위의 입에서 흘러나오자 왠지 모를 소외감을 느낀 것이다.

"아, 아니 그게. 별로 대단한 것이 아니라서 말이야."

화무린이 뒤늦게 변명을 했다.

하지만 어색해진 분위기는 풀어지지 않았다.

갑자기 나타나 말 한마디로 이렇게 분위기를 만들 수 있다는 것도 어찌 보면 재능이었다. 그런 면에서 보자면 막도위는 대단한 놈이었다.

그 대단한 놈이 화무린을 보며 입을 열었다.

"내가 철가주님의 병환에 좋다는 약재를 몇 가지 구해놓았는데, 같이 확인하러 갈래?"

"응? 지금?"

"응. 지금!"

당황하는 화무린의 반응을 막도위가 느긋한 표정으로 지켜봤다.

상대방의 의중이 뻔히 보이는데도 따라갈 수밖에 없는 경우가 바로 이런 것인가 보다.

분명히 막도위가 수작질을 하는 것인데도 거절할 수가 없었다. 막도위도 분명히 그걸 노리고 제안한 것일 테지만.

화무린은 막도위가 품고 있는 의중이 무엇인지를 의심해 봤다.

막도위의 성격상 보지도 못한 철가주의 건강을 염려해 약재를 준비해 놓았을 리는 없을 것이다. 그렇다면 결론은 한 가지밖에 없었다.

막도위는 분명 자신에 대해 뭔가를 눈치챈 것이다!

"내가 그 사실을 전해 듣고 특별히 구해 놓은 거야. 같이 가 볼 거지?"

이렇게까지 말하는데 안 가 볼 수도 없는 노릇이다.

"그, 그래? 별로 그렇게까지 안 해도 되는데."

"무슨 소리야? 사파는 사파끼리 돕고 지내야지. 안 그래?"

"끄응."

화무린이 신음 소리를 내뱉었다.

하는 말 한마디 한마디가 아주 자신을 엮으려고 작정을 한 모양이다.

보다 못한 남궁현승이 일어나서 한마디 했다.

"막도위 무슨 꿍꿍이냐?"

"꿍꿍이라니? 나는 순수한 호의로써 화 소저를 대하고 있는 것뿐이다."

"순수한 호의? 네가 언제부터 그런 걸 신경 썼지?"

"내가 호의를 베푸는 데도 너의 허락이 필요하냐?"

"안 하던 짓을 하니까 묻는 거다. 화 소저가 너의 호의를 불편해하고 있는 것 안 보이냐?"

"화 소저가?"

"그래."

"그러면 화 소저가 불편해하고 있나 직접 물어볼까? 만일 네 말이 사실이라면 내가 물러나도록 하지. 하지만 그런 것이 아니라면……!"

막도위가 남궁현승의 얼굴에 바싹 들이대며 으르렁거렸다.

"다시는 내 일에 참견하지 마라! 알겠냐?"

남궁현승이 벌게진 얼굴로 마지못해 고개를 끄덕였다.

"알았다."

"좋아. 그러면 화 소저에게 한번 물어보도록 하지."

일행의 이목이 전부 화무린에게로 집중됐다.

비교적 여유가 있어 보이는 막도위의 표정과는 다르게 남궁현승을 비롯한 나머지 일행들은 얼굴이 하나같이 굳어 있었다.

단순하게 시작된 일이었지만, 상황이 이쯤 되자 이건

단순하게 볼일이 아니었다.

작게는 막도위와 남궁현승의 자존심 대결이었지만, 크게 보자면 정파와 사파의 자존심 대결이라고 봐도 무방했다.

남궁현승과 막도위는 각각 정파와 사파를 대표하는 후기지수.

화무린의 대답 여하에 따라 두 사람은 크게 호불호가 갈릴 것이다. 아마도 그것은 어떤 식으로 든 두 사람의 행보에 영향을 끼칠 것이고, 화무린 또한 그 여파를 피해 가지 못할 것이다.

인생의 선택의 연속이라고 했던가?

화무린 또한 그 범주에서 벗어나지 못했다.

'젠장, 미치겠네.'

화무린은 그야말로 미치고 팔짝 뛸 노릇이었다. 막도위를 따라 나간다면 남궁현승을 비롯한 일행들의 체면이 크게 떨어질 것이고, 남궁현승의 편을 들어주자니 막도위가 앙심을 품고 뭔 일이라도 저지를 것 같았다.

이러지도 저러지도 못하는 상황.

막도위가 물었다.

"대답해라. 화무린. 나와 같이 가겠느냐?"

"나, 나는."

꿀꺽.

순식간에 정적이 휩싸이고, 모두가 화무린의 입이 열리기만을 기다렸다.

'아, 미치겠네. 이대로 확 졸도라도 해 버릴까?'

"어서 대답해라. 화무린!"

제발, 누가 나를 이 상황에서 좀 구해 줘!

우당탕탕!!!

그 때 엄청나게 큰 소리가 아래층에서부터 들려왔다. 뭔가가 부서지는 소리와 함께 사람의 신음 소리가 들려왔다.

"으으으윽."

그 바람에 이층에서 식사를 하고 있던 이들도 술렁거리기 시작했다.

"무슨 일이지?"

화무린이 쾌재를 내지르며 속으로 환호성을 외쳤다.

"어서 가 보자!"

누가 뭐라고 할 새도 없이 화무린이 제일 먼저 일층으로 내려갔다.

그리고 남은 일행들은 조금은 허탈한 표정으로 서로를

쳐다보고 있었다. 남궁현승의 얼굴이 잔뜩 굳어 있는데
비해 막도위의 얼굴에는 여유가 흘러 넘쳤다. 어찌 보면
웃고 있는 것 같기도 하다.

"운이 좋았군. 남궁현승."

"누가 할 소리인지 모르겠군."

"큭큭, 정말로 그렇게 생각하나?"

남궁현승은 침묵으로 대신했다.

"다음에 보도록 하지. 그때는 이렇게 호락호락 넘어가
지 않을 테니까."

"으으으윽."

길게 신음성을 내뱉고 있는 것은 왜소한 체격을 가진
소년이었다. 그는 박살난 탁자를 사이에 두고 형편없는
몰골로 구석에 처박혀 있었다. 그의 옆에는 음식을 담았
을 것으로 추정되는 식판이 나뒹굴고 있었다. 음식이 담
겨져 있었던 듯 그의 옷은 국물과 각종 양념들이 뒤범벅
이 되어 있었다.

아마도 식판을 들고 있는 이 소년의 몸이 어떠한 물리
적인 힘에 의해 붕 떠올라 처박힌 것으로 보였다.

소년의 앞에는 우락부락한 체격을 가진 두 녀석이 웃

음을 터트리고 있었다.

아마도 소년이 이렇게 된 경위에는 두 녀석이 막대한
영향을 끼쳤으리라.

"이 자식이 감히 우리에게 국물을 튀어?"

"으으으으윽."

소년은 통증 때문인지 얼굴을 잔뜩 찡그리며 쉽사리
입을 열지 못하고 있었다.

"이것 봐라? 사과의 말도 없네?"

남들보다 머리통 하나는 더 큰 우락부락한 체격을 가
진 두 녀석은 무림학관 내에서도 소문이 자자한 흑천부의
형제들이었다.

흑천부의 무공은 주로 대부분이 외공에 특화되어 무공
들로 이루어져 있었다. 그중에서도 흑천부에서만 전해지
는 철혼기공은 외공무공 중에서도 으뜸으로 쳐주고 있었
다.

팔성까지 연성하면 도검불침의 신체가 되고, 피부가
쇠보다 단단해져 그 무엇으로도 신체를 상하게 할 수 없
다는 장점이 있었다.

그 반면 단점은 거의 없다고 봐도 무방했다.

하지만 무림에서는 어지간한 고수들은 신체의 내부나

장기들을 손상시킬 수 있는 내가기공을 한두 가지쯤은 익히고 있기에 철혼기공과 같은 외공 중심의 무공들을 익힌 문파들은 크게 대성하지는 못했다.

그래서 흑천부는 사도련에 가입되어 있는 열 개의 문파 중 하나이나, 말석을 차지하고 있기에 다른 문파에 비해서 영향력이 낮았다.

하지만 그것은 열 개의 문파 중에서도 말석이라는 것일 뿐, 전반적으로는 흑천부가 대단한 문파임에 분명했다.

"네 녀석도 우리를 무시하는 거냐?"

한 녀석이 으르렁거리자 소년이 힘겹게 대답했다.

"미, 미안. 나는 그런 의도가 아니었어."

"그러면 왜 그랬는데?"

"실수였어. 실수."

"실수였다? 그러기에 왜 실수를 한거냐고?"

말꼬투리를 계속해서 물고 넘어지는 것이 아무래도 그냥 넘어갈 생각이 없나 보다. 소년이 고개를 숙이며 말했다.

"미안. 한번만 용서해 주면 다음부터는 조심하도록 할게."

"낄낄낄."

두 형제가 서로를 쳐다보며 웃느라 정신이 없었다.

한참 동안을 웃은 형제가 말했다.

"너 지금 그걸 사과라고 한 거냐?"

소년이 쭈뼛거리며 입을 떼었다.

"그러면 어떻게 해야 하는데?"

"적어도 사과를 하려면 제대로 해야지?"

형제는 주위를 두리번거리다가 근처에 있는 국이 담겨져 있는 그릇을 집어 들었다.

그리고 그것을 소년의 발아래 슬쩍 밀어 넣었다.

"이건 왜?"

"그걸 마시면 용서해 주도록 하지."

치욕스러웠다.

하지만 어쩔 방법이 없었다.

형제들은 그냥 넘어갈 생각이 없는 듯하고, 소년은 형제들의 강요에서 벗어날 수 있는 무력도, 뒷배경도 없었다.

소년이 국그릇을 집으려고 하자 형제가 말했다.

"누가 손을 쓰래? 입으로 먹으라고. 개처럼 엎드려서 말이지."

"……?"

"못 알아들었어? 개처럼 먹으라고. 어차피 이곳에 먹다 남은 콩고물이라도 떨어지길 바라고 들어온 거 아니야? 너 같은 놈들은 내가 잘 알지. 근본도 능력도 없는 잡종들. 그러니까 개처럼 꼬리를 흔들면서 남의 눈치나 보면서 살아야지. 그러니까 어서 핥아 먹으라고!"

보는 사람이 너무하다 싶을 정도였다.

아마 입관식 날부터였을 것이다.

이 형제들이 자신을 지속적으로 괴롭힌 것은.

소년은 어떻게든 이 형제들과 마주치지 않으려고 피해 다녔건만 소년의 노력은 아무런 소용이 없었다.

소년이 나타나는 곳에는 어김없이 형제들이 나타났고, 그럴 때마다 형제들은 늘 꼬투리를 잡고 소년에게 치욕을 주었다.

소년은 잘못한 것도 없는데 늘 굽실거려야 했다. 그래야 살 수가 있으니까. 덜 맞고, 덜 창피를 당할 수 있으니까.

무림학관에 입학할 때만 해도 소년은 꿈에 부풀어 있었다.

이곳에서 무공을 배우고, 누구도 깔보지 못하는 무사가 되어 무림을 종횡하는 꿈에 부풀어 있었다.

하지만 현실은 시궁창이었다.

현실에서 벗어나고자 무림학관을 택했지만, 결국 무림학관도 현실의 연장선일 뿐이었다.

소년이 처연한 모습으로 주위를 두리번거렸다.

그의 시선을 받은 이들은 고개를 돌리며 외면하든가 철저한 무관심으로 대답했다.

심지어는 조소를 담은 눈빛으로 쳐다보는 이도 있었다.

누가 봐도 힘없는 이가 괴롭힘을 당하는 모습이건만 누구 하나 나서는 이가 없었다. 이러한 모습들은 무림인인 그들에게는 흔하디흔한 모습이었고, 무림학관 내에서도 잔혹한 사냥꾼이라 불리는 파천부 형제들의 눈 밖에 나가기 싫어서였다.

나만 아니면 된다는 이기적인 사고방식은 누구나 가지고 있는 법.

그들은 철저한 방관자의 위치를 고수했다.

무림은 철저한 약육강식의 세계.

소년은 자신이 무림의 세계에 발을 들여놓았다는 것을 가슴속 깊이 뼈저리게 느끼고 있는 중이었다.

그래서 수많은 무림인들이 강자가 되기 위해 절치부심 노력하고, 뛰어난 무공 서적 하나에 그렇게 목숨을 거나 보다.

잔혹할 만치 처절하고 냉정한 세계.

소년은 그 속에서 철저히 혼자라는 것을 느낄 뿐이었다.

뚝. 뚝.

길위천이라고 불리는 소년의 눈에서 눈물이 한 방울씩 떨어지더니 이내 뺨을 타고 바닥으로 흘러내렸다.

길위천을 지배하고 있는 감정은 분노 따위가 아니었다.

아무것도 할 수 없다는 무력감.

녀석들의 말처럼 어쩌면 자신은 개새끼보다도 못할지도 모른다는 생각이 들었다.

무엇을 위해 이곳에 왔을까?

또 자신은 이곳에서 무엇을 바랬던 것일까?

희망, 꿈?

그런 것은 모두 부질없는 단어일 뿐이다.

무림이라는 곳은 어차피 가진 자들의 세상인 것을.

흑천부 형제들이 길위천을 보고 깔깔댔다.

"어라 이놈 보게? 계집처럼 질질 짜고 있네?"

"큭큭큭! 사내새끼가 이깟 일로 질질 짜기나 하고."

'응? 저놈은 그때 그 녀석이잖아?'

화무린도 남궁현승 일행들과 뒤섞여 그 장면을 고스란히 쳐다보고 있었다. 그녀는 첫눈에 길위천을 알아보았다.

당문화가 불쌍한 표정을 지으며 남궁현승에게 말했다.

"오빠, 저거 너무한 거 아니에요?"

"그래, 내가 보기에도 너무한다 싶구나."

"오빠가 좀 말려 주시면 안 돼요?"

그 말에 여지껏 잠자코 있던 독고세가의 독고진이 입을 열었다.

"아서라. 흑천부 자제들이다. 괜히 끼어들다가 곤란해질 수도 있어."

"치잇! 흑천부 따위!"

독고진이 얼른 당문화의 입을 막으며 주의를 줬다.

"쉿! 목소리가 크다. 흑천부 뒤에는 사도련이 있다는 것을 명심해야 한다. 괜한 동정심으로 나서다가는 가문에 피해가 갈 수 있음을 알아야 할 것이야."

당문화도 그게 무슨 소리인지 잘 알고 있었다.

그녀 또한 명문정파의 후기지수로 보고, 듣고, 배운 것이 있었다. 무림에서는 모든 활동이 개인으로 끝나는 것이 아니라, 그 결과가 가문과 직결되어 나타난다. 그것이 바로 무림이라는 세상이었다.

"그래도 너무 불쌍해요. 무공도 제대로 익히지 못한 것 같은데."

"그러게 말이다."

이 정도 소란을 일으켰으면 그만둘 법도 한데 흑천부 형제들은 길위천에게 계속하던 짓을 강요한다.

"뭐해? 구경꾼이 더 모이기를 바라는 거냐? 아니면 널 구해 줄 구세주를 기다려? 어서 안 먹고 뭐해?"

보다 못한 남궁현승이 나서려고 하자 화무린이 그의 어깨를 꾹 눌렀다.

"왜 그러시오?"

"기다리세요."

"화 소저, 뭘 더 기다리란 말이오? 사람이 저렇듯 짐승 다루듯 당하고 있는데 지켜만 보고 있으란 소리요?"

"여기서 참견해서 뭘 어쩌려고요?"

남궁현승은 굳은 얼굴로 화무린을 쏘아봤다.

어찌 보면 조금은 화가 난 듯한 표정이었다.

"화 소저는 지금 모멸감을 느끼고 있는 저 사람이 안 보이시오?"

그의 말처럼 길위천은 수치심과 모멸감에 가득 찬 얼

굴을 짓고 있었다. 무림인으로는 도저히 씻을 수 없는 모욕을 당하고 있는 것이다.

하지만 화무린이 고개를 좌우로 흔들었다.

"그런 것은 잠시만 참으면 지나가는 일입니다. 하지만 지금 남궁 공자께서 도와주신다면 저 사람의 내일은 어떨 것 같습니까? 또 모레는요? 오늘과 같은 일이 두 번 다시 반복되지 않는다는 보장이 있습니까? 그럴 때마다 남궁 공자께서 나서서 도와주실 건가요?"

"나의 도움이 필요한 사람이 있다면 의당 도와줘야 하지 않겠소?"

"그것이 남궁 공자가 생각하고 있는 정의입니까?"

"어려운 사람을 돕는 것을 정의라고 부른다면 나는 그것이 내 정의라고 말할 것이요!"

"틀렸습니다. 이곳에 어려운 사람은 없습니다."

화무린이 남궁현승을 똑바로 보며 말했다.

"무림에는 약한 자와 강한 자만이 있을 뿐입니다. 제 말이 틀렸습니까?"

"하지만 사람이라면 의당 가져야 할 최소한의 도덕성은 가지고 있어야 한다고 생각하오. 안 그렇소? 그렇다면 화 소저의 말은 약한 자는 저렇듯 동물 다루듯 해도 된다는 말이요? 그것이 화 소저가 생각하는 정의란 말이요?"

"무림은 강자가 대우받는 곳 아닌가요? 저 형제들은 그 특권을 누리고 있는 것뿐입니다."

"화 소저!"

남궁현승이 소리를 버럭 질렀다.

그 바람에 모여 있던 사람들의 시선이 그 둘에게로 몰렸다.

남궁현승은 아랑곳하지 않고 말을 이었다.

"정말 그렇게 생각하시오?"

"제 말이 틀렸다고는 생각 안 합니다. 지금의 무림은 그렇게 해서 만들어졌으니까요. 그것은 모두 역사가 증명해 주고 있지 않습니까?"

화무린의 말은 하나도 틀린 것이 없었다.

"의협심과 정의가 사라진 지 오래입니다. 지금의 무림은."

냉철하다 싶을 정도의 판단이다.

그랬다. 현재의 무림은 권력자들의 부패 권력의 온상이 되어 가고 있었다. 권력이 주는 편안함과 안락함을 맛본 이들은 그것을 놓지 않으려 들었고, 그러한 그들의 술책은 많은 편협함과 이기적인 제도를 만들어 냈다.

그것이 당금의 무림이었다.

의협심과 정의로움이라는 단어 하나로, 강호 초출을 하는 수많은 젊은 고수들을 설레게 했던 무림은 이제 온 데간데없었다.

알고는 있었지만 막상 누군가의 입에서 듣고 나자 씁쓸한 마음이 드는 것은 사실이었다.

남궁현승이 화가 잔뜩 난 표정으로 그녀를 바라봤다.

"화 소저가 그런 생각을 품고 있다니 실망이요."

남궁현승이 자리를 박차고 가 버렸다.

어쩌면 마음 한켠으로는 그녀의 말을 인정하고 싶지 않았는지도 모르겠다.

"저, 저 친구가."

남아 있는 동료들이 한마디씩 했다.

"저 친구가 예민한가 보오. 화 소저 미안하오."

"화 소저가 이해하시구려."

"언니, 제가 대신 사과할게요."

이래서 동료라는 것이 있다는 건 좋은 것인가 보다.

독고진과 풍일은 남궁현승을 뒤쫓아 갔고, 당문화만이 남아서 발을 동동 구르고 있었다.

"넌 안 쫓아가 봐?"

"그래도 돼요?"

당문화가 반색을 하며 되물었다.

다른 일행들은 벌써 남궁현승을 따라갔지만, 당문화만이 남아서 이러지도 저러지도 못하고 있었다. 아마도 화무린을 의식해서 남은 것 같았다.

"내 눈치 볼 것 없어. 천하의 당문화가 왜 내 눈치를 봐?"

"고마워요 언니!"

말이 떨어지기가 무섭게 당문화가 남궁현승을 쫓아 재빨리 사라졌다.

당문화의 매력 중 하나를 손꼽으라면 바로 저런 솔직함이리라.

그것을 보고 화무린이 피식 웃었다.

장내가 한바탕 소란에 휩싸이고 나자, 사람들이 하나둘 자리를 뜨기 시작했다.

그 바람에 길위천을 괴롭히던 흑천부 형제들도 흥이 가셔 버렸다.

녀석들이 바닥에 놓인 국그릇을 걷어차며, 길위천에게 나지막이 경고했다.

"앞으로는 최대한 우리들 눈에 띄지 마라. 한 번만 더 눈에 뜨였다가는 오늘처럼 그냥 끝나지 않을 테니까 알겠냐?!"

"······."

"썅! 알겠냐고?!"

길위천이 고개를 푹 숙인 채 대답했다.

"아, 알았어."

"캬악. 퉤!"

형제들은 걸쭉하게 침을 바닥에 뱉고는 유유히 사라졌다.

그들이 모습을 감추자 길위천은 그제야 한숨을 쉬며 천천히 몸을 일으켰다.

형제들이 사라졌건만 누구 하나 그를 도와주는 이는 없었다.

그는 철저히 외톨이였다.

길위천은 잔뜩 더러워진 옷을 털지도 않은 채 식당 밖으로 빠져나왔다.

그리고 그런 그의 뒤를 화무린이 조용히 뒤따랐다.

"흑흑흑."

밖으로 빠져나온 길위천은 울면서 하늘을 올려다봤다.

청아하니 맑고 푸르른 하늘이다.

괜스레 눈물이 흘러나왔다.

어려서부터 누구보다도 열심이었고, 뭐든 일에 최선을

다하며 살아왔다. 하지만 보답은 결국 이런 것이었다.

노력이란 단어는 무림이라는 곳에는 어울리지 않았다.

누군 좋은 가문에서 태어날 때부터 상승무공을 익히고, 누군 하찮은 가문에서 태어나서 죽어라 노력해도 결국 삼류무사로 인생을 마감하는 것이 바로 무림이라는 곳이었다.

고수란 결국 태어날 때부터 정해진 것이었다.

길위천도 그러한 것을 알고 있었는지 모른다. 하지만 체념을 하면 자신이 여지껏 살아왔던 인생을 모두 부정하는 것이기에 일부러 외면했는지도 몰랐다.

그에게 남은 마지막 한줄기 빛이 바로 무림학관이었다.

그 마지막 빛을 따라가면 자신의 인생도 조금은 바뀔 것이라고 굳게 믿고 있었다.

하지만 지금 방금 그 한줄기 빛이 사라졌다.

그가 꿈꿔 오던 세상이 무너진 것이다.

길위천은 인적이 드문 곳에 커다란 바위를 의자 삼아 그 위에 앉아, 무릎을 쪼그리고 그 사이에 얼굴을 파묻었다.

그리고 얼마나 지났을까?

"쯧쯧, 너는 어떻게 된 게 볼 때마다 이런 꼴이냐?"

길위천은 바로 옆에서 들려오는 말소리에 슬그머니 고개를 들었다.

눈물과 콧물이 뒤범벅이라 몰골이 흉했고, 몸에서 영혼이 빠져나간 듯한 허탈감과 무력감 때문에 몸을 가눌 수도 없었지만, 사물을 제대로 쳐다볼 정도의 인지력은 남아 있었다.

"응?"

눈에 번쩍 뜨일 만한 미녀였다.

머리카락이 곧게 어깨까지 뻗어 내려와 있고, 눈망울은 호수처럼 크고 깨끗하여, 쳐다보는 것만으로도 온몸이 상쾌해지는 듯한 착각을 불러일으킨다. 경국지색, 화용월태, 월하미인. 이러한 말들은 오직 눈앞에 여자를 위해 존재하는 수식어인 것 같았다.

길위천은 살아생전 이렇게 아름다운 여자를 본 적이 없었다.

이렇게 아름다운 소저가 대관절 나에게 무슨 볼일이 있어서 말을 시키는 것일까?

왠지 쳐다보는 것만으로도 위축이 되는 듯한 기분이었다.

"저, 저 말인가요?"

'아 맞다. 이놈은 나인 걸 모르지?'

화무린은 아차 싶었다.

길위천과 마지막으로 인사를 나눌 때는 무황의 모습이

었다. 그러니 당연히 화무린을 처음 볼 수밖에.

하지만 그걸 친절하게 말해 줄 수는 없는 노릇이다.

"그냥 오고가다가 몇 번 봤어. 조금 전에도 식당에서도 보고."

길위천은 너무 아름답게 생긴 소저가 말을 걸길래 잠시 현실을 망각하고 있다가, 조금 전의 일을 떠올리고는 금세 시무룩해졌다.

"부끄러운 모습을 보였구려."

"그래, 솔직히 좀 못나 보이더라."

그 말에 길위천이 울컥했다.

"그러면 어떻게 하란 말이요?! 그들은 나보다 무공도 높고, 가문도 좋은 것을!"

"뭐야. 너는 그러면 너보다 잘난 놈들 만나면 계속 그럴 거야?"

"방법이 없잖소. 방법이."

"그런데 왜 나한테 성질이야? 그게 내 잘못이야?"

그 말을 들은 길위천이 자신의 실수를 깨닫고 얼른 사과의 말을 건넸다.

"미, 미안하오. 나도 모르게 그만."

이놈은 처음 봤을 때부터 느끼던 거였는데, 정말이지

형편없기 짝이 없었다.

무공을 익히는데 가장 중요한 것은 무공의 질이나 자질도 많이 좌지우지한다. 하지만 막상 수련에 임하게 되면 그러한 것보다도 가장 우선시 되는 게 있는데 그것은 바로 근성이었다.

무공은 상승무공에 근접할수록 그 어려움의 폭이 점점 더 커지게 된다.

때문에 일반 범주에서 생각하는 것 이상의 이해력이나 생각의 깊이, 폭넓은 사고 등이 필요하게 된다. 무인이라고 하면 다들 머리는 텅텅 비어 있을 것이라고 착각하는데 사실을 알고 보면 절대 그렇지가 않다. 무공이란 몸을 쓰는 것만으로 얻을 수 있는 것이 아니기 때문이다.

그러한 것들은 하루아침에 얻을 수 없는 것들.

그 때문에 상승무공 하나를 익히려면 짧게는 수년. 길게는 수십 년의 세월이 필요하기도 하다.

장구하다고도 볼 수 있는 이 긴 세월을 무공 하나 배우겠다는 일념으로 버티기란 쉽지 않은 일이다. 그만큼 정신력이 뒷받침돼 주지 않으면 그 끝을 보기 힘들다는 소리다.

상승무공을 익히기 위해 폐관수련을 하다가 미치광이

가 돼서 나왔다는 이야기는 무림에서는 흔하디흔한 일이었다.

그만큼 상승무공을 익히기 위해서는 엄청난 노력과 인내력, 그리고 끈기가 필요했다.

화무린이 보기에는 길위천은 그러한 것들이 부족했다.

"너는 상승무공 서적만 있으면 네가 변화할 수 있다고 믿어?"

상승무공이라는 말에 길위천의 눈이 번쩍 떠졌다.

"물론이요!"

화무린이 그 모습을 보고 혀를 찼다.

"쯧쯧, 틀렸어!"

"뭐가 틀렸단 말이요?"

"하나부터 열까지 전부다."

"당신이 나에 대해서 뭘 안다고 그렇게 함부로 말하는 것이요?"

"잘 몰라. 알고 싶지도 않고. 내가 충고 하나 해줄까?"

"말해 보시오."

"너는 무림과는 어울리지 않아."

그 단호한 말을 듣는 순간 길위천은 뭔가 커다란 바윗덩어리가 가슴속에 들어선 답답함을 느꼈다. 하지만 그것도 잠시, 가슴속에서부터 현실을 인정할 수 없다는 거센 저항이 반발력이 되어 밖으로 표출했다.

"예전에 나에게 그런 말을 한 친구가 한 명 있었소. 그 이유를 물어봐도 되겠소?"

"너는 무엇을 갈망하든가 열망한 적 있어? 아주 간절히 말이야."

"아니요."

"사람은 말이지. 무엇을 간절히 얻고 싶어 하면 무슨 일이라도 저지를 수 있는 법이야. 훔치는 것은 물론 그것을 갖기 위해서는 살인도 불사할 수 있는 게 바로 사람이지."

"그것은 나쁜 짓이지 않소?"

"하지만 사람의 본성이 원래 그래. 이기적이고 탐욕스러워. 저마다 조금씩 억제하고 조절하는 것에 차이가 있을 뿐이지 가슴 한켠에는 그러한 욕망이 꿈틀되고 있는 것을 부정하지는 않지. 그래서 도인들이나 고승들이 그러한 욕망을 억누르고자 수양을 쌓고 있는 거 아니겠어?"

"그게 나랑 무슨 상관이요?!"

"무공이 왜 만들어졌겠어? 그리고 왜 발전해 나가고 있을까? 몸과 마음의 정화네 심신의 단련이네 도를 닦는 공부네 해도 결국은 상대를 꺾기 위해서 만들어진 것이 무공이야. 너 또한 상승무공을 원하는 이유 중 하나가 바로 오늘과도 같은 무시를 당하지 않기 위함이지. 안 그래?"

하나같이 맞는 말이다.

길위천은 그냥 가만히 듣고만 있었다.

"그러한 열망을 가진 사람들이 무공을 배우고 그런 이들이 하나둘 집단을 이루고, 그 집단들이 만들어 낸 세상이 바로 무림이라는 곳이야. 저마다 무공을 배우고 익히는 목적은 다르겠지만, 결국은 자신의 욕망과 욕심을 채우기 위한 수단으로 무공을 이용하고 있는 것이지. 상승무공을 하나 배우는데 필요한 세월이 얼마인지나 알아?"

길위천이 고개를 절레절레 흔들었다.

상승무공은 길위천에게 너무나도 멀게만 느껴지는 단어였다.

"사람에 따라 다르기는 하나, 보통 적게는 십 년. 어떤 이는 죽을 때까지 깨우치지 못하는 이도 있어. 그것도 폐관수련을 하면서 말이지. 컴컴하고 자신밖에 존재하지 않는 공간에서 맛도 더럽게 없는 벽곡단이나 씹어 먹으면서 수십 년씩 지내면 사람이 어떨 것 같아? 어지간한 독심을 가지지 않고는 못 버텨 내겠지? 그런 독한 놈들이 우글거리는 곳이야. 무림이라는 곳은."

"……."

"상승무공이 자질 좋고, 가문 잘 만나면 거저 익혀지는 거라고 생각했어? 그렇다면 그건 큰 착각이야. 그들 또한 죽자고 노력해서 얻는 거라고. 자질 좋고 가문 좋은 놈들도 그러한 노력을 해서 무공을 익히는 거야. 무림학관에 들어와서 적당한 무공을 익히고 적당히 출세해서 잘 먹고 잘살아 보려고 그랬어? 어림없어, 그런 정신 상태로는 무림에서 살아가기 힘들어. 빼앗고, 빼앗기지 않기 위해 몸부림치고, 그걸 위해서는 살인도 마다하지 않을 근성과 정신력이 필요하다고. 그리고 너한테는 그런 한 것이 부족하고. 그 두 바보가 왜 너만 괴롭히는지 알아?"

길위천이 고개를 가로저었다.

알 리가 없지 않은가?

그걸 알면 오늘 같은 수모를 당하진 않았겠지.

"모르오."

"그것은 바로 그 바보들이 너한테는 그러한 것이 없다는 것을 알아차린 것이지. 그런 놈들은 그런 냄새를 맡는데 귀신이거든."

그녀의 말을 인정하는 것은 그동안 자신이 노력들이 헛되었다는 것을 인정하는 것이다.

길위천은 절대 인정하기 싫었다.

그래서 소리쳤다.

"아니요!"

"아니 맞아."

화무린은 단정하듯 매몰차게 말했다.

그 예쁜 얼굴이 자신을 괴롭히기 위해 나타난 악귀처럼 보였다.

아마도 자신에 대해 이렇듯 말해 준 사람은 그녀가 처음이었을 것이다.

그의 부모님도 친구들도 누구 하나 자신에 대해서 이렇듯 냉정하게 말해 준 적이 없었다.

그저 노력하면, 열심히 하면 된다고만 생각해 왔었는데, 이제 와서 생각해 보니 자신이 죽을 만큼 노력한 것도 아니라는 생각이 슬며시 들기 시작한다.

숭양문이라는 조그마한 문파와 시초도 알 수 없는 별볼일 없는 삼류무공.

어쩌면 자신은 그 틀 속에서 자신을 얽매여 놓았는지도 모른다.

"잘 생각해 봐. 네가 무림이라는 곳에서 살아갈 수 있을지는. 그리고 해답이 나오면 나를 찾아와. 어쩌면 도와

줄 수 있을지도 모르니까."

툭툭.

화무린은 축 처져 있는 길위천의 어깨를 두어 번 두들
긴 다음 걸음을 옮겼다.

숙소로 돌아오니 당문화가 반색을 하며 반겼다.

문가에서 서성이고 있는 것이 화무린이 돌아오기만을
기다리고 있었나 보다.

"언니, 어딜 다녀와요?"

화무린이 짧게 답한다.

"고민 상담 좀 하고 왔어."

"네?"

"그런 게 있어."

"그러니까 그게 뭔데요?"

아서라. 말한다고 네가 길위천 같은 이들의 마음을 이
해나 할 수 있겠냐?

화무린이 한마디로 일축했다.

"넌 몰라도 돼."

제3장
외팔이 추풍소!

여인의 향기가 물씬 풍겨져 나오는 곳.

이곳은 다름 아닌 봉황루의 주설화의 거처이다.

사도련은 대외적으로 밝힌 것 이외에도 총 여덟 개의 비밀 분타를 더 가지고 있는데, 봉황루는 그중 하나였다.

봉황루는 겉보기에는 술이나 파는 기방으로 보이나 실은 사도련의 비밀 분타 중 한 개였던 것이다.

주설화는 봉황루의 총관으로 알려져 있으나, 그녀는 이곳 지부의 분타주도 역임하고 있었다.

당수기와 주설화가 탁자를 사이에 두고 김이 모락모락 나는 차를 마시고 있었다.

"백리종운은 어찌 되었느냐?"

당수기가 찻물을 한 모금 들이마시며 물었다.

"잘되었습니다."

"오호, 그래? 잘되었구나."

"감사합니다."

차분하면서도 조용한 몸짓이 백리종운을 유혹할 때와
는 사뭇 다른 모습이다.

당수기가 다시 물었다.

"아깝다고 생각하느냐?"

"무엇이 말입니까?"

"이십 년이 넘게 지켜 왔던 너의 순결 말이다."

"고아였던 저를 거두어 주고, 지금의 위치에 설 수 있
게 해주신 분은 련주님이십니다. 저는 련주님께 충성을
맹세한 몸입니다. 그런 것은 아무래도 좋습니다."

"그렇게 말해 주니 고맙구나. 대공자는 우리에게도 중
요한 인물이다. 련주님의 세우신 장대한 계획을 위해서는
그의 존재가 꼭 필요하다."

"그자에 관한 것은 저에게 맡겨 주십시오. 실망시켜
드리지 않겠습니다."

"좋다. 그러려고 그에게 너를 붙인 것이지."

"감사합니다."

"그보다도 당문화에 관한 조사는 어찌 되었느냐?"

"별다른 것은 나오지 않았습니다."

"흐음. 그래? 이렇게 되면 직접 부딪혀 보는 수밖에 없는 건가?"

"납치라도 하시게요?"

"필요하다면 그렇게라도 해야지. 언제까지 기다리고만 있을 수는 없으니까."

"사람을 준비해 놓겠습니다."

"명색이 당문의 여식이다. 어지간한 고수로는 힘들 것이야."

"이곳에 혈수마제가 묵고 있습니다."

"혈수마제?"

"이십 년 전, 당문의 가주에 의해 추살령이 내려진 전대 고수지요."

"오호, 그래. 이제야 기억이 나는군. 실전되었다고 알려진 혈옥수를 극성으로 익힌 자였지. 가주의 부인인 것을 모르고 희롱하다가 아마 팔이 잘린 채로 겨우 도망쳤다지?"

"네. 맞습니다."

"그런데 그가 여기에 있어?"

"필요할 것 같아서 붙잡아 두고 있었습니다."

당수기가 그녀를 향해 엄지손가락을 치켜들었다.

"역시 주 총관이군. 아니, 주 분타주라고 해야 하나? 아무튼 당문의 여식을 데리고 오라고 하면 그가 아주 기뻐하겠군. 당문이라면 이를 바득바득 갈고 있을 테니까 말이야."

주설화가 다소곳이 고개를 숙였다.

"그러면 준비해 놓겠습니다."

"이번 일은 그대가 알아서 처리하도록 하게."

당수기의 허락을 받은 주설화는 그길로 접객실에 묶고 있는 독수혈제 추풍소를 찾아갔다. 추풍소는 아직 이른 저녁이건만 벌써부터 거나하게 취해 있었다. 오른손에는 술병이 들려 있었고, 왼쪽 손이 있어야 할 자리에는 나무로 만든 의수만이 나풀거리고 있었다.

"지내기 불편한 곳은 없으십니까?"

추풍소는 눈을 게슴츠레하게 뜨며 그녀를 확인했다.

"이게, 누구신가? 주 총관 아니신가?"

"자주 못 와 봐서 송구합니다."

"큭큭, 송구는 무슨. 나 같은 놈들에게 술 주고 잠자리를 준 것만으로도 감지덕지할 일이지."

"봉황루의 문은 추 대협을 위해 항상 열려 있을 것입니다."

"대협은 무슨. 크윽! 좋다!"

추풍소는 술을 한 모금 더 들이키며 갑자기 코를 벌렁거리며 사방에 대고 코를 킁킁거렸다.

"이게 무슨 냄새지?"

추풍소가 주설화를 향해 비틀거리며 한 발자국씩 걸음을 내딛었다.

그는 이윽고 손을 뻗으면 닿을 만큼의 거리 안으로 들어가더니 주설화의 앞섬 부근과 목덜미 부근에 기웃거리며 코를 킁킁거렸다.

"킁킁, 어디서 이렇게 좋은 냄새가 나나 했더니 바로 주 총관에게서 나는 냄새이구려. 캬, 냄새 한번 좋다!"

손님으로 정중하게 대접했건만 고작 한다는 게 지분질이라니. 기분이 나쁠 만도 하건만 주설화의 표정은 일말의 변화조차도 없었다.

그녀는 고개를 살짝 숙이며 말했다.

"흔하디흔한 기생 년의 냄새일 뿐입니다. 혈수마제의 이름에 어울리려면 저 가지고는 부족하지 않겠습니까?"

"큭큭, 어디 대단한 여인이라도 준비시켜 놓았는가?"

"물론입니다."

주설화가 그를 똑바로 직시하며 입을 열었다.

"당문의 여식이라고 하면 만족하시겠습니까?"

그 말을 들은 추풍소의 눈이 번쩍 떠졌다.

"지금 당문이라고 하였느냐?"

추풍소의 몸에서 조금 전까지와는 다른 기세가 사방으로 퍼져 나갔다.

그것은 진득한 살기였다.

조금 전까지 주설화랑 시시한 농지거리나 하던 이라고는 생각할 수 없을 만큼 추풍소는 전혀 다른 사람이 되어 있었다.

그의 기운이 방 안을 온통 잠식해 나갔다.

그것을 보고 주설화는 조금 놀란 표정을 지었다.

'썩어도 준치라더니. 과연 절정고수라 불리던 이구나.'

"말하라. 당문의 여식이라고 한 것 같은데?"

"맞게 들었습니다."

"감히 나 혈수마제 앞에서 감히 당문을 입에 올리다니! 죽고 싶으냐?"

"진정하세요."

"나와 당문과 얽힌 은원을 모르고 있진 않을 텐데?"

"물론 알고 있습니다."

"그런데도 감히! 나를 농락하다니!"

한 손밖에 남지 않은 그의 오른손이 붉게 물들기 시작했다. 그가 손에 공력을 주입시키면서 발생하는 형상이었다.

피를 머금은 듯한 붉게 빛나는 손은 오직 하나, 바로 상고의 마공이라는 혈옥수밖에 없었다.

백 명의 어린아이의 피를 모아 백 일 동안 그 핏물에 손을 담가야 완성된다는 혈옥수는 패도적인 면이나 그 효용성의 가치가 매우 뛰어나나 배우는 과정에서의 잔인함 때문에 무림십대마공으로 분류되고 있었다.

추풍소가 이십 년 전 혈옥수의 성취가 육성 정도밖에 되질 않았는데, 지금은 손의 색깔이 완연한 붉은색을 띠는 걸 보아 극성에 도달한 모양이다.

혈옥수의 성취가 오성 정도면 손은 철처럼 단단해져 어지간한 바위는 일장에 박살 낼 수가 있고, 칠성의 성취에 이르게 되면 그 어떤 예리한 물체로도 손을 상하게 할 수 없으며, 극성에 도달하면 능히 만년한철과도 견줄 정도로 단단함을 가지게 된다고 알려져 있었다.

심상치 않은 기운을 감지했는지 봉황루를 지키던 호위무사들이 튀어나오더니 그를 에워 쌓으며 검을 겨누었다.

그 수가 열 명이요, 하나같이 일류급에 해당하는 고수들이었다.

하지만 추풍소는 절정에 도달한 고수이다.

절정고수 한 명을 상대하기 위해서는 일류고수 오십 명 정도가 필요하다는 것이 일반적으로 알려진 무림의 통설이었다.

자신을 에워 쌓은 이들의 수준을 한눈에 파악한 추풍소가 코웃음을 쳤다.

"흥, 한번 해보자는 거냐?"

"제 말씀을 먼저 들어보시지요. 서로에게 좋은 일입니다."

주설화가 손짓을 하자 호위무사들이 그에게 겨누었던 검을 거두며 뒤로 물러섰다.

어차피 붙어 봤자 상대가 안 돼는 것임을 알기에 수하들을 물린 것이다.

굳이 싸우자면 못할 것도 없으나, 주설화는 추풍소와 싸우기 위해 찾아온 것이 아니었다.

"흥! 무슨 수작이지?"

"당문의 여식이 지금 무림학관에 있습니다."

"그런데?"

"열일곱 살이라고 합니다. 어미를 닮아 그 미색이 매우 빼어나다고 알려져 있지요."

추풍소는 이십 년 전 마지막에 보았던 여인을 떠올렸다.

당문혜.

우연히 객잔에서 술을 마시다가 보게 된 여인.

그저 중소 문파의 여인쯤으로 생각하고, 수작을 부리려고 했다가 지금의 당문 가주이자 그녀의 남편인 당천혁에 의해 왼손이 잘려 나갔다. 그리고는 간신히 도망쳐 당문의 눈을 피해 도망 다니는 신세가 되어 버렸다.

그 원통함과 분함을 어찌 말로 표현할 수 있겠는가?

더군다나 팔까지 잃어버렸거늘.

추풍소는 잘려 나간 자신의 왼팔을 쳐다보았다.

있어야 할 자리에 팔이 없고, 왼쪽 팔이 있어야 할 곳에는 보기 흉한 의수만이 자리 잡고 있을 뿐이었다.

그것을 보고 추풍소는 지난 이십 년 동안 조금씩 사그라들었던 복수심이 다시금 불타오르는 것을 느꼈다.

그동안 복수를 꿈꾸지 않았던 것은 아니다.

하지만 사천당문은 그 어떤 문파들보다 응집력이 뛰어났고, 개개인의 무공수위 또한 무시 못 할 정도였다. 추풍소는 그런 상대에게서 쉬이 허점을 찾지 못했다.

그러기를 이십여 년.

드디어 기회가 온 것이다.

"당가의 계집이 어디 있다고?"

주설화는 품속에서 종이 뭉치를 꺼내 추풍소에게 건넸다.

"무림학관의 지도입니다. 그곳에는 건물의 명칭을 비롯하여, 건물의 특성, 순찰 도는 인원과 경로, 교대시간 등이 자세히 적혀 있습니다. 당문화의 초상화도 넣어 두었으니, 보고 가시면 도움이 될 것입니다."

"좋군."

추풍소가 종이 뭉치를 건네받았다.

그 안에는 당문화의 초상화 또한 포함되어 있었다.

"이 계집인가?"

추풍소가 돌돌 말아 있는 초상화를 펼쳐 들며 물었다. 종이 위에는 비녀를 꽂고 있는 당문화의 얼굴이 그려져 있었다.

주설화가 대답했다.

"그렇습니다."

"과연 예쁘게 생겼군. 나한테 바라는 것이 무엇이지?"

주설화가 물었다.

"그 계집을 어떻게 하실 작정입니까? 죽이실 겁니까?"

"그냥 죽이는 건 재미가 없지."

추풍소가 음산하게 웃으며 대답했다.

"팔다리의 동맥을 끊고, 사지를 묶어 두고 죽을 때까지 능욕할 작정이다. 죽으면 시체는 짐승의 먹이로 던져주고, 왼손은 잘라 당문에 보낼 것이다."

"좋습니다. 그렇게 하십시오."

"그냥 그렇게 하라고?"

"네. 다만, 쥐도 새도 모르게 처리했으면 합니다. 가능하겠습니까?"

"그 이유를 물어봐도 되겠는가?"

"저는 당문화의 존재를 세상에서 지우고 싶습니다."

추풍소가 웃으며 말했다.

"큭큭, 도무지 영문을 모르겠군."

"개인적인 은원일 뿐입니다."

"더 이상 묻는다면 실례가 되겠지? 좋아! 당문화의 얼굴을 다시는 보지 못하게 해주지. 그러면 되겠는가?"

주설화는 고개를 끄덕이는 것으로 대답을 대신했다.

❀　　❀　　❀

화무린은 침상 한쪽을 차지하고 아예 좌정을 한 채 앉아 있었다.

벌써 며칠째 당문화와 같은 침대를 쓰고 있었지만, 여전히 적응이 되질 않았다. 그래서 화무린은 어차피 잠도 못잘 것 아예 운기조식을 하며 밤을 보냈다.

화무린이 슬그머니 고개를 돌려 옆을 쳐다봤다.

"쿨쿨."

구석에는 당문화가 세상모르게 잠을 자고 있었다.

"쯧쯧, 저렇게 태평하게 잘 수 있는 것도 재주지. 뭐, 그 덕분에 나는 좀 더 편해졌지만. 씨팔, 깜짝이야!"

갑자기 모용수미가 벌떡 일어나는 바람에 화무린이 저도 모르게 욕설을 내뱉었다.

"내 꺼야. 먹지 마. 냠냠."

모용수미는 알 수 없는 말을 중얼거린 뒤 그대로 뒤로 넘어갔다.

그리고는 침대에 누워서 다시금 쿨쿨거리며 잠을 잤다.

잠꼬대인 모양이다.

다시 적막해진 방 안.

두 사람이 낮게 내쉬는 숨소리만이 들려왔다.

화무린은 두 사람이 완전히 잠든 것을 확인한 후, 눈을 감았다. 머릿속에는 무유천심공(無有川心公)에 대한 구결이 무질서하게 정열 되었다 흩어지기를 반복했다.

그것도 잠시 가부좌를 틀고 손을 모으니 화무린의 머릿속은 언제 그랬냐는 듯이 잔잔한 수면처럼 고요해졌다.

무유천심공은 지금으로부터 삼백 년 전 소림에서 파문당한 무유선사가 창안해 낸 무공이었다. 소림 제일 고수이면서도 천하 십대 고수 안에 들 정도의 강자인 그가 파문당한 이유는 너무나도 간단했다. 그것은 바로 그가 창안해 낸 무공이 불가의 근본과는 맞지 않다는 이유에서였다.

인명이 재천이라.

파괴적이고, 공격적인 성향을 띠었다고 하여, 무유천심공은 사장되었고, 무유선사는 소림에서 파문당하게 된 것이다.

그가 창안해 낸 무유천심공이 어찌 된 경로로 무영문

까지 흘러들어 오게 되었는지는 아무도 모른다.

다만, 무유선사가 무영문과 어떠한 연관이 있었을 것이라는 추측만 할 따름이다.

인간의 몸은 소우주와 같으니 모든 근심과 상념을 모두 잊고, 무한의 념의 세계로 들어가면 그 기로서 만상의 경지에 돌입할 수 있는 것이다.

미약하게 내쉬는 숨소리, 심장 뛰는 소리마저도 오감에서 점차 멀어지더니 소리는 물론 그 느낌조차도 그와는 상관없어진다.

무유천심공은 그런 점에서 대단하다 할 수 있었다.

모든 심법의 공통점인 목적은 바로 경맥에 흐르는 기에 대한 조율이라 할 수 있겠다.

몸 안에 축척된 기를 얼마만큼 잘 다스리고, 효과적으로 사용할 수 있게 해주냐가 상승심법과 삼류심법의 차이라 말할 수 있다.

하지만 이 단계를 좀 더 뛰어넘게 되면 신체에 쌓여 있는 기를 조율할 수 있게 됨은 물론 신체에 열려 있는 모공을 통하여 대기에 퍼져 있는 기운을 끌어다 쓸 수 있게 된다. 무유천심공은 그것을 가능하게 해주는 묘리를 담고 있었다.

대기에 퍼져 있는 기운을 끌어다 쓰는 경지.

이것이 가능해지면 초절정의 경지를 넘어서 정파에서 말하는 현경의 경지에 도달할 수가 있는 것이다.

하지만 그 깨달음이 이미 끝에 도달했다 하더라도 신체가 미숙하다면 더 이상의 정진은 존재하지 않는다. 그것은 바로 균형과 조화의 원리이니. 신체와 깨달음이 함께 평행선을 이루어야 한다는 것을 의미한다.

이는 아무리 어른과 같은 사고방식을 가진 어린아이라 할지라도 그 주먹의 힘이 어른과 같을 수 없고, 작은 그릇에 물을 가득 담으면 넘치는 것과도 같은 이치이다.

화무린은 무유천심공을 팔성까지 익혔지만, 그 이상의 벽을 뛰어넘지 못하고 있었다. 신체적인 미숙함 때문이었다.

그것을 극복하려면 막대한 내공이 필요하지만, 그의 내공은 고작 두 갑자 수준에도 미치지 못했다.

그의 사부와 무영문이 그를 위해 준비해 놓은 것이 바로 거기까지였던 것이다. 하지만 그 정도뿐이더라도 약관도 안 된 나이에 두 갑자의 내공을 가지고 있다는 것은, 무림 역사상 보기 드문 일임에는 분명하다.

그것도 무유천심공의 덕분이긴 하지만.

화무린은 무아지경 상태에서 무유천심공의 구결을 따라 운기를 행했다. 그의 표정은 편안해 보이기 그지없었다. 일절의 표정의 변화는 물론, 미세한 움직임조차도 없으니 마치 속세를 떠난 이의 느낌이었다.

수만 가지의 상념 속에서도 자신이 원하는 그 줄기를 잡을 수 있다는 것은 무인으로서 그 완숙한 경지를 이뤘다는 것을 말하는 것이니 앞으로도 그 무한한 발전을 엿볼 수 있음을 의미했다.

그런 면에서 보자면 화무린은 이미 초절정의 수준을 넘어서고 있다고 해도 과언이 아니었다.

그러기를 얼마나 있었을까?

감겨져 있던 화무린의 눈이 조용히 떠졌다.

밖은 어느새 어슴푸레 밝아 오고 있었다.

❖   ❖   ❖

"도와줘."

아침이 밝기가 무섭게 길위천이 찾아와 대뜸 화무린에게 한 말이다.

"응? 뭐라고?"

"도와 달라고. 네가 그랬잖아. 내가 각오를 새롭게 다지면 고수가 될 수 있도록 도와주겠다고."

헐, 그 말이 또 그렇게 됐나?

자신은 도와주겠다는 말이었지 고수로 만들어 주겠다고 한 적은 없었다.

뭐, 어차피 그 말이 그 말이기는 했지만.

입술을 꽉 다문 길위천의 모습을 보아하니 예전과는 다른 기세라는 것이 느껴지기는 하다.

뭐, 사람이 하루아침에 변하면 죽을 때가 된 거라더니.

우선은 이 정도쯤으로 만족해 볼까나?

"근데 왜 반말이야?"

길위천이 쭈뼛거리며 말했다.

"알아보니까 너도 같은 일학년이던데?"

헐, 별걸 다 알아봤군.

"뭐, 좋아. 각오는 돼 있고?"

"응!"

"좋아. 그러면 바로 훈련으로 들어가도록 하지. 지금은 하루라도 아까운 시간이니까."

화무린은 길위천을 데리고 사람이 드문 뒷산으로 데리고 갔다.

"여태까지 배운 것은 모두 잊어버리도록 해. 오늘부터
기초부터 다시 시작하는 거야. 그래, 오늘은 마보자세부
터 시작하자."

마보자세라는 말에 길위천이 인상을 찌푸린다.

"그건 어렸을 때 다 배웠는데?"

화무린의 눈썹이 확 치켜 올라갔다.

"그러면 첫날부터 내가 뭐 대단한 무공이라도 가르쳐
줄줄 알았어?"

"아니, 뭐 그런 것은 아니지만."

"시끄럽고 잘 보기나 해."

화무린은 한 자 정도 되는 나뭇가지를 꺾어 양손을 뻗
고 그것을 잡더니 이내 다리를 벌린 상태로 허리를 꼿꼿
이 세우며 반쯤 주저앉았다.

엉덩이가 땅에 닿지도 서지도 않고 있으니 그 자세가
우스꽝스럽기 짝이 없었다.

하지만 그 자세만큼은 안정적이기 짝이 없었다. 가냘
파 보이는 몸과는 달리 바닥에 붙인 두 다리는 거센 태풍
이 몰려온다고 해도 꿈쩍도 하지 않을 것 같은 단단함을
보였다.

"어렸을 때 해 봤지? 이게 바로 오늘부터 네가 해야

할 훈련 중 하나야."

화무린이 자세를 풀고 말했다.

"어서 따라 해 봐."

길위천이 화무린이 건네준 나뭇가지를 잡고 화무린이 보여 주었던 마보자세를 취했다.

자세를 취하자마자 다리가 부들거리고 팔이 곧 내려올 듯이 후들거리기 시작했다.

그것을 보고 화무린이 핀잔을 줬다.

"옛날에 해 봤다며?"

"이상하다. 예전에는 잘되었는데."

"퍽이나. 이건 되고 안 되고의 문제가 아니야. 얼마만큼 흔들림 없이 이 자세를 유지하고 있느냐가 중요하지."

"얼마나 이러고 있어야 하는데?"

"한 시진."

"허억, 한 시진이나?"

화무린이 고개를 끄덕였다.

"무공을 제대로 익히기 위해서는 자세를 유지하고 한 시진은 버틸 수 있어야 해. 사실, 한 시진도 짧아. 내가 처음 무공을 익힐 때는 두 시진씩이 기본이었으니까."

반 각도 지나지 않았거늘 길위천이 땀을 삐질삐질 흘

리며, 몸을 부들부들 떨기 시작했다.

"끄응, 꼭 이런 것부터 해야 돼?"

"쯧쯧."

화무린이 혀를 차며 말을 이었다.

"네가 그러니까 그 모양인 거야. 모든 무공의 기초는 하체단련부터 시작되는 거 몰라? 다리와 허리 근육은 몸의 무게를 받쳐 주기 때문에 아주 중요한 부분이야. 이 두 개를 단련시키면 근육이 강화되어 활동량을 유지함은 물론 심혈관계와 전신의 체력 상승효과가 탁월해지지. 또한 그 중심을 제대로 받쳐 주기만 한다면 움직임에도 유연성이 붙고, 거목처럼 단단해지기도 하지."

길위천이 또다시 앓는 소리를 냈다.

"너무 힘든데 조금만 쉬었다가 하면 안 될까?"

"안 돼!"

"끄응."

"보법을 제대로 익히기 위해서는 체중의 이동이 제대로 이루어져야 하는데, 보법을 안정적으로 배우기 위해서는 무엇보다도 하체가 튼튼해야 돼. 평소에 네가 안 쓰던 근육을 쓰니까 힘이 드는 거야. 네가 이 자세를 편하게 할 때쯤이면 무공을 배우는데 있어서 필요한 하체 근육들은 자연스럽게 만들어져 있을 테니까 잔말 말고 시키는 대로만 해."

"아, 알았어."

"하루 한 시진씩. 매일 이 시간에 이곳으로 와. 내가 보지 않는다고 해서 마보자세 훈련을 게을리하지 말고. 틈만 나면 하도록 해. 그래야 필요한 근육을 빨리 키울 수 있으니까."

길위천은 그녀의 말처럼 틈만 나면 마보자세를 취했다.

무림학관에서 받는 기본적인 수련 받는 시간을 제외하고는 모두 마보자세를 유지하는 데 시간을 소요했다.

첫날에는 근육통 때문에 제대로 걷기도 힘들었다. 하지만 길위천은 이를 악물고 계속 마보자세를 연습했다.

그렇게 계속하다 보니 차츰 통증도 사라지고, 자세가 편안해지기 시작했다.

마보자세를 한 시진 정도 유지할 수 있게 되자, 화무린은 말했다.

"좋아, 이제는 검법을 배우도록 하자."

"야호!"

길위천이 좋아서 어쩔 줄 몰라 했다.

"좋아?"

"응!"

"배울 검법이 뭔지나 알고 좋아 하는 거야?"

"뭐라도 마보자세보다는 낫지 않겠어?"

화무린이 의미심장한 웃음을 지었다.

그녀는 나뭇가지를 길게 꺾어 길위천 앞으로 나서며 말했다.

"잘 봐 둬. 네가 배워야 할 검법이니까."

"제 일초, 천(天) 세로베기!"

"제 이초, 지(地) 가로베기!"

"제 삼초, 인(人) 찌르기!"

화무린이 구령에 맞춰 이 세 가지 동작을 행하고, 이내 자세를 바로잡았다. 동작에는 하나하나 신중하기 그지없었고, 호흡을 가다듬는 모습이 진중해 보이기까지 했다.

길위천은 그 뒤로 뭔가가 이어지기를 기대하였으나 동작은 그것으로 끝이 났다. 뭔가 대단한 것을 기대했던 길위천의 얼굴에는 실망감이 떠올랐다.

"설마 끝이야?"

"그러면 뭘 기대했어?"

"그건 삼재검법이잖아! 요즘에는 어린아이들도 안 배운다고 그런 검법은!"

"하기 싫으면 관둬. 누가 강요해?"

길위천은 행여 화무린이 마음이라도 상했나 싶어 얼른 대답했다.

"아, 알았어! 하면 되잖아! 이건 언제까지 하면 되는데?"

"내 마음에 들 때까지야."

"그런 게 어디 있어?!"

"세 동작을 연결해서 한 시진 동안 휘둘러도 검의 궤적이 경로를 이탈하지 않으면 합격!"

"그렇게만 하면 되는 거지?"

"응, 그걸 해내면 그 때는 제대로 된 무공을 가르쳐 줄게."

"좋아, 알았어!"

가만히만 있어도 숨이 턱턱 막힐 듯한 무더위가 며칠째 계속해서 이어졌다. 그런 무더위이건만, 그늘 한 점 없는 뜨거운 뙤약볕 아래 구슬땀을 흘리고 있는 소년이 있었다.

얼굴은 뜨거운 태양 아래 검게 그을리고, 그대로 노출시켜 놓은 피부는 벌겋게 익어 보기만 해도 보는 이로 하여금 안쓰러움을 느낄 정도였다.

"차앗!"

"하압!"

가끔씩 단발마처럼 터져 나오는 기합성과 함께 나무로 길게 깎아 만든 나무 목검을 휘두르는 이는 다름 아닌 길위천이었다.

이런 뜨거운 뙤약볕 아래 강훈련을 하는 것을 보면, 무언가 대단한 것이라도 하고 있는 것처럼 보이지만, 실제 그가 하는 훈련을 자세히 살펴보자니 그저 웃음밖에 나오질 않았다.

그가 하고 있는 것은 좌우 베기와 찌르기의 단순한 동작들이었다.

수십 번도 아니고, 수백, 수천 번을 같은 동작만 하고 있으니 오히려 보는 사람이 지루해질 지경이었다.

지나가는 학생들이 길위천을 보고 비웃기에 여념이 없었다.

하지만 길위천은 주위의 시선은 아랑곳하지 않고 묵묵히 검을 휘두르기를 반복했다.

길위천이 휘두르는 목검은 정확히 검의 검로를 따라 반듯하게 나아가고 있었고, 그러는 사이 자신이 익히고 있던 삼류검법들과 몸에 배인 좋지 않은 습관들을 무아지경 속에서 스스로 고쳐 나가고 있었다.

그러기를 열흘, 길위천은 단순히 기교나 응용에 치우치지 않고, 중심을 하반신에 둔 채 휘두르는 제대로 된 검의 검로를 구사하고 있었다.

쐐애애액—!

그가 뻗는 팔은 검과 함께 정확히 직선과 곡선을 그리고 있었고, 그 빠르기와 부드러움이 처음과는 사뭇 달라져 있었다.

단순히 검을 휘두르는 것이지만 바람을 가르는 소리가 예리하기가 그지없었다.

화무린은 그런 그를 만족스러운 표정으로 지켜보고 있었다.

"후후, 이제는 다음 차례인가?"

제4장
한밤중의 방문자

모두가 잠든 늦은 시각.

멀리서부터 보이는 검은 인영 하나가 무림맹의 담을 그대로 가로지르며 들어왔다. 무림맹에는 정기적으로 순찰을 도는 순찰조가 있지만, 그들 중 누군가가 잠입했다는 것을 알아차린 사람은 아무도 없었다.

은밀하면서도 극에 도달한 경신술이었다. 이런 수준의 경공술을 펼칠 수 있는 자라면 최소한 초절정 이상의 수준이여야만 가능하다.

그는 무림학관의 내부의 지형을 잘 아는 듯 망설임 없이 어느 지점을 향해 신형을 날리고 있었다.

잠시 후, 그의 신형이 멈춰 선 곳은 높이 세워진 어느 전각 앞이었다.

그곳은 여자 신입생들이 숙소로 삼고 있는 곳!

그는 주위를 둘러보는가 싶더니 신형을 바로 세우더니 그대로 삼층을 향해 폭사해 나갔다.

그곳은 바로 다름 아닌 삼백이호실이었다.

"응?"

화무린은 오늘도 변함없이 가부좌 자세를 유지하며, 무유천심공을 수련하고 있었다.

그러던 찰나 뭔가 낯선 기분이 들었다.

뭔가 알 수 없는 위화감이 든 것이다.

평소에는 느낄 수 없는 기분이었다.

화무린이 감았던 눈을 살며시 치켜떴다.

그리고는 기감을 퍼트려 주위를 상태를 확인했다.

기감을 극대화시키는 것도 무유천심공을 익힘으로써 얻어지는 효능 중의 하나로 그녀가 마음만 먹는다면 백장 이내에 있는 살아 있는 생명이라면 그녀보다 월등히 높은 수준의 고수가 아닌 이상, 그녀의 기감에서 벗어날 수가 없었다.

멀지 않은 거리.

바로 십 장도 안 돼는 거리에서 웬 낯선 기운이 느껴졌다.

"이제 시작된 것인가?"

화무린이 나지막이 중얼거리며 당문화와 모용수미의 상태를 확인했다.

둘 다 앞으로 어떤 일이 닥칠지도 모른 채 세상모르게 잠들어 있었다.

화무린은 가만히 다가가 둘의 수혈을 짚었다.

아마도 내일 아침에 해가 뜨기 전까지는 그 어떤 소란에도 깨지 않을 것이다.

분명히 침입자가 방 안에 들어오고자 하면 둘은 틀림없이 잠에서 깨게 될 터, 그렇게 되면 이래저래 당문화나 자신의 입장이 난처해질 수도 있었다.

스르륵.

잠시 후, 창문이 살며시 열리는가 싶더니 어느새 방 한쪽 구석에는 스산한 기운을 풍기는 중년 사내가 서 있었다. 아무런 인기척도 소리도 없었다.

그는 속으로 내심 당황하고 있었다.

창가 근처에서 누워 있는 여인이 당문화라고 들었거늘, 그 자리에는 부서진 침대가 주인을 잃은 채 덩그러니 놓여겨 있었기 때문이다.

'이런, 빌어먹을 년. 조사를 이따위로 하다니!'

생각 같아서는 그대로 빠져나와 그 총관의 멱살이라도 잡고 싶은 심정이었다.

하지만 그렇다고 이대로 돌아갈 수는 없는 노릇.

그는 당문화를 찾기 위해 천천히 방 안을 훑어보았다.

그러다가 그는 자신을 똑바로 직시하고 있는 여인을 발견했다. 보통의 여인이라면 자신의 방에 낯선 이가 침입을 한 것을 알면 당황하든가 경계를 하는 것이 일반적이다. 하지만 이 여인의 얼굴에는 그 어떤 감정도 떠올라 있지 않았다.

침입자는 다름 아닌 추풍소!

그가 놀라운 표정으로 화무린을 쳐다봤다.

"내가 오는 것을 알고 있었나 보군."

"그래."

두 사람의 눈이 허공에서 얽혔다.

추풍소도, 그리고 화무린도 그 어느 쪽도 시선을 회피하지 않았다.

먼저 입을 연 것은 추풍소였다.

그는 방 안을 훑어보더니 잠들어 있는 당문화와 모용

수미를 번갈아 가면서 확인했다.

"수혈을 짚었나?"

"침입자답지 않게 말이 많군."

"뭐? 큭큭큭!!!"

추풍소는 소리 죽여 웃었다.

그는 진정으로 이 상황이 재미있어졌다.

"네가 화무린인 모양이군. 별 볼일 없는 계집이라고 들었는데, 외모만큼은 훌륭하구나. 이거 뜻하지 않은 수확이야."

"닥치고 찾아온 이유나 말해!"

"큭큭, 재미있는 계집이군."

추풍소가 잠들어 있는 당문화를 슬쩍 쳐다보며 물었다.

"저기 누워 있는 게 당문화라는 계집이냐?"

그 말을 들은 화무린은 가슴이 철렁했다.

'역시나, 당문화인가? 결국 올 게 오고 말았군.'

화무린이 물었다.

"누가 시킨 거지?"

"당문화가 맞나 보군."

역시나 무림에서 수십 년 굴러먹은 고수답게 눈치 하나는 끝내 준다.

"이해할 수가 없군. 힘을 합쳐서 막아도 모자라는 상황에 수혈을 짚고 나를 기다리고 있었다니. 너는 평범한 학생이 아닌 모양이군. 혹시 당가에서 보낸 호위무사라도 되는 거냐?"

추풍소가 비릿한 미소를 지었다.

"지키고 있는 사람 따위는 없다고 들었는데 이상하군. 설마, 내가 찾아오기를 기다리고 있었을리는 만무하고. 아무래도 당문이 죄를 많이 지은 모양이군. 호위무사까지 두고 있는 걸 보면. 그런데 호위무사가 너무 예쁘잖아! 큭큭큭!"

화무린은 기를 퍼트려 방 밖으로 소리가 새어 나가지 않게 얇은 장막을 쳤다.

혹시나 소란을 듣고 사람들이 몰려오면 추풍소에게 인질로 잡힐 수도 있는 노릇이고, 그게 아니더라도 여러 가지 골치 아픈 일이 발생할 수도 있기 때문이다.

추풍소의 눈이 번쩍 빛났다.

"뭐, 어찌 됐던 나야 목표만 달성하면 되겠지. 무림은 네가 생각하는 것만큼 호락호락한 곳이 아니라는 것을 알게 될 것이야! 차앗!"

추풍소의 몸이 움직이는가 싶더니 이내 오른손이 화무

린의 혈도를 향해 뻗어 나갔다.

하지만 그의 움직임에 맞춰 화무린의 몸은 어느새 반
장 옆으로 이동해 있었다. 덕분에 그의 손은 애꿎은 빈손
만 움켜쥐었다.

"허, 제법?"

추풍소는 말이 끝나기가 무섭게 손가락을 구부려 화무
린의 맥문을 낚아채고 있었다. 하지만 버젓이 눈을 뜨고
있음에 그것에 당할 화무린이 아니었다. 그녀는 상체만을
움직여 몸을 슬쩍 눕혀서 일어난 다음 그 탄성을 이용하
여 오히려 추풍소의 맥문을 잡기 위해 손을 뻗었다.

추풍소가 의외의 반격이 놀라며 소리쳤다.

"감히!"

동시에 허공에서 손과 손이 얽혔다.

서로의 맥문을 잡기 위해 수를 쓰니 그것이 마치 뱀과
뱀이 얽히는 듯한 모습이 되어 갔다.

비록 화무린을 깔보는 마음에 전력을 다하진 않았지만,
손쉽게 상대의 맥문을 잡을 수 있을 것 같진 않았다. 안
되겠다 싶었는지 추풍소가 손바닥을 뒤집어 장을 떨쳐 내
며 뒤로 물러섰다.

"제법 반반하게 생겨서 봐주려고 했더니 안 되겠구나!"

그가 공력을 끌어올리자 팔이 붉게 물들었다.

그것을 본 화무린이 놀랍다는 표정으로 말했다.

"그것은 혈옥수?!"

"호, 혈옥수를 알아보다니. 계집이 제법이구나."

"그렇다면 네가 혈수마제겠군."

화무린은 있어야 할 왼손 자리에 의수가 자리 잡고 있
는 것을 확인한 후 입을 열었다.

"나를 아느냐?"

"물론이지. 유부녀한테 집적거리다가 손이 잘려 나간
병신이라면 내 익히 들어서 잘 알고 있지."

"뭐, 뭣이!"

그 말을 들은 추풍소의 얼굴이 붉으락푸르락해졌다.

"이년! 뚫린 입이라고 함부로 지껄이는구나."

추풍소는 손을 세우며 그대로 화무린에게로 달려들었
다.

화무린은 당문화의 옆에 놓여져 있는 검을 뽑아 들었
다. 방 안이라서 검을 휘두르기에는 공간의 제약이 많이
뒤따랐지만, 상대가 혈수마제라면 빈손으로 상대하는 것
은 자칫 위험할 수가 있었다.

챙!

손과 검이 부딪혔거늘 어찌 이런 소리가 날 수 있단 말인가?

말로만 들었지 혈옥수를 상대하는 것이 처음인 화무린은 내심 놀랄 수밖에 없었다.

당문화의 검은 제법 쓸 만한 물건임에도 불구하고 부딪혔던 부근의 검날이 상해 있을 정도였다.

"제법!"

추풍소는 자신이 아직 건재하다는 것을 증명하기라도 할 요량인 듯, 한 손만으로도 자유자재로 공수를 전환했다.

그가 왼팔을 잃은 후 얼마나 절치부심 무공수련에 노력을 했는지 알 수 있는 부분이었다.

만일 그가 두 팔이 다 멀쩡한 상태였다면 무림은 또 한 명의 희대의 살인마를 볼 수 있었는지도 모른다.

그의 팔과 닿은 부분은 여지없이 검날이 손상되고 몇 번 부딪히지도 않았건만, 검날이 들쑥날쑥한 모양으로 변해 갔다.

시간이 점점 흐를수록 자신만만하던 화무린의 얼굴에 당혹감이 서리기 시작했다.

당문화는 검을 왼손에 움켜쥐고 그대로 오른손을 뒤집

어 장력을 발출했다.

"천력대장(天力大長)!"

중후함이 담긴 장력이 추풍소를 향해 쏘아져 갔다.

육성에 해당하는 내공을 실은 장력이었다.

화무린이 의뢰를 받아 무림행을 행했을 때 가장 즐겨 사용하던 장법이기도 했다.

하지만 강맹한 기운을 담은 장력은 추풍소가 쳐낸 혈옥수에 의해 산산이 흩어 사라지고 말았다.

"쩝."

화무린이 그 모습을 확인하고 입맛을 다셨다.

그로 그럴 것이 천력대장은 그의 사부이자 전대문주인 무영천존으로부터 배운 장법이었다. 무영천존이 창안하기도 한 이 장법은 신체에 존재하는 양기의 기운을 내공과 융화시켜 폭발적인 파괴력을 손바닥을 통해 배출해 내는 장법이었다.

하지만 지금은 화무린의 몸.

여자가 남자에 비해 양기의 기운이 터무니없이 부족하다는 것은 일반적인 상식. 여자의 몸으로 천력대장을 펼치니 제 위력을 발휘 못하는 게 당연했다.

더군다나 지금은 변체환용술을 유지하기 위해서 어할

에 해당하는 내공과 적지 않은 심력을 쓰고 있는 상태였다. 거기다가 방 안에서 일어나는 소리가 밖으로 퍼져 나가지 않게 얇은 기의 막까지 둘러놓은 상태.

화무린은 원래의 힘을 절반밖에 못쓰고 있는 상태였다.

'처음부터 너무 강한 상대가 왔어. 내가 너무 쉽게 생각한 모양이군.'

원래의 몸 상태라면 모를까 지금은 여러 가지 상황과 제약 덕에 추풍소를 상대하는 데도 버거운 상태였다.

"계집. 슬슬 힘이 부치는 모양이지?"

"제길! 마공 따위나 익힌 주제에."

"큭큭큭! 그게 무슨 소용이란 말인가? 어차피 무림은 강자만이 살아남는 곳이 아니던가?"

"치잇!"

그것에 대해서라면 할 말이 없다.

평소 화무린이 가지고 있는 신념 또한 그와 다를 것이 없었기에.

'제길, 이렇게 되면 방법이 없지. 속전속결이다!'

화무린은 변체환용술을 풀고, 추풍소를 상대하기로 마음먹었다. 그가 익힌 대부분의 무공은 남자에 적합한 무공들.

마음만 먹는다면 여자인 상태로 펼쳐 낼 수는 있으나 여자와 남자의 신체 구조가 크게 다르기 때문에 그 위력이 크게 반감되어 나타났다.

어차피 모용수미나 당문화는 수혈을 짚어 재워 놓았으니 본 모습을 들킬 염려는 전무했다.

우드드득.

화무린의 근육이 움직이기 시작하더니, 그의 모습은 지금까지와는 전혀 새로운 모습이 되어 갔다.

그것을 보고 추풍소가 깜짝 놀란 표정을 지었다.

"놈! 너는 누구냐!"

그의 앞에는 아름다운 미녀는 온데간데없고, 소년이라고 부르기에는 조금 크고 청년이라고 하기에는 작은 치기 어린 소년의 서 있었다.

무황이 고개를 좌우로 까딱거리며 팔을 돌렸다.

"이게 얼마 만이냐. 휴. 이제야 내 몸같이 편하네."

무황은 즉시 전력을 다해 내공을 끌어올렸다. 강맹한 기운을 담고 있는 무유천심공의 기운이 장강이 흐르듯 사지백해로 퍼져 나갔다.

모습뿐만이 아니라 기운까지 완전히 달라진 것이다. 이러한 변화를 눈앞에서 목격한 추풍소는 어리둥절한 표정을 짓고 있었다. 하지만 그것도 잠시 자신을 죄어 오는 무언의 압박을 느끼며 그 또한 내공을 있는 힘껏 끌어올렸다.

그의 붉은 손이 인두에 지지듯 투명해지기 시작했다.

"이게 무슨 사술이냐?!"

추풍소가 잔뜩 경계를 하며 물었다.

그는 바로 자신의 눈앞에서 벌어진 일을 보고도 믿을 수가 없었다.

어찌 사람이 여자의 몸에서 순식간에 남자로 변화할 수가 있단 말인가?

그 또한 무림에서 닳고 닳은 노고수이지만, 이렇듯 순식간에 성별을 바꿀 수 있다는 무공은 들어본 적도 본 적도 없었다.

하지만 무황은 친절하게 그러한 것들을 가르쳐 줄 생각이 없었다.

"헹, 궁금하면 염라대왕한테나 물어보던가?"

"이놈이!!!"

"이제 다시 한 번 붙어 볼까?"

"어림없다!"

추풍소는 내공을 잔뜩 오른손에 주입시킨 채 빠른 속

도로 무황을 향해 손을 휘둘렀다. 그 가공할 기세는 무황으로 온 마당에도 무시 못 할 수준이었다.

무황은 방심하지 않고, 한 푼 차이로 그의 손을 흘려보내고는 그 공간 사이로 손끝을 찔러 넣었다. 추풍소는 몸을 재빨리 회전시키는 반면 그 반동을 이용하여 무황의 하반신을 걷어차기 위해 다리를 치켜올렸고, 무황은 무릎으로 그의 발차기를 막은 다음 다른 발로 그의 다리를 걸어 넘어뜨렸다.

추풍소의 몸이 공중으로 붕 뜨더니 바닥으로 보기 좋게 처박혔다.

조금 전과는 완전히 다른 상황이 연출되었다.

추풍소가 그 충격에 자그마한 신음 소리를 흘렸다.

"끄응."

"큭큭, 그러고 있으니 꼴사납수다."

"이놈이!"

추풍소가 벌떡 일어나 다시 한 번 무황에게 덤벼들었다.

하지만 추풍소의 공격을 무황은 꼭 반 푼 차이로 피해내고 있었다. 몇 번의 수비 후 무황은 추풍소의 얼굴을 가격하고, 오른손과 왼손을 사용하여 차례대로 그의 명치

부근을 후려쳤다.

"컥."

추풍소가 신음성을 내뱉으며 뒤로 물러났다. 몇 번의 공방을 겪으면서, 추풍소는 본능적으로 무황과 자신의 격차를 깨달았다.

'어디서 이런 놈이 나타났단 말인가?'

요행을 바란다고 하더라도 무황을 꺾을 수 있을 거라는 생각이 들지 않았다. 하지만 그렇다고 이대로 물러설 수는 없는 노릇!

추풍소는 슬쩍 옆을 쳐다보았다. 그곳에는 자신이 그토록 찢어 죽이고 싶어 하던 당가의 여식이 세상모르게 곤히 잠들어 있었다.

추풍소는 목표를 바꿨다. 죽이지 못한다고 해도 최소한 인질로라도 잡고 이곳을 빠져나가야겠다는 생각이 든 것이다.

"차앗!"

추풍소가 그녀를 향해 몸을 날리자 무황이 황급히 몸으로 그를 막아섰다. 신형이 잔영처럼 어른거리더니 어느새 그의 앞을 막아서고 있었다.

"감히, 어딜!"

그걸 보고 놀란 추풍소가 외쳤다.

"이형환위?"

추풍소가 놀라는 것도 무리가 아니었다. 그도 마음만 먹는다면 할 수는 있으나 최근에야 그 원리를 겨우 깨우쳐 흉내를 내는 게 고작이었다. 하지만 방금 본 이형환위 수법은 완벽에 가까웠다.

아직 약관의 나이인 무황이 펼칠 만한 수준의 것이 아니었다.

그렇다고 놀라고만 있을 수는 없는 상황.

"비켜라!"

추풍소가 소리를 지르며 혈옥수를 휘둘렀다. 하지만 그 대단한 혈옥수라고 하더라도 상대를 맞히지 못하면 무용지물!

무황은 눈을 뜨고 있는 이상 편안하게 혈옥수를 맞아 줄 생각이 없었다. 무황의 손과 발이 허공에서 어지럽게 움직이더니 이내 추풍소가 또다시 구석으로 처박혔다.

쿠웅.

탁자를 박살 내며, 충격을 받은 추풍소가 힘겹게 몸을 일으키며 말했다.

"크으윽! 저런 꼬마 녀석한테 이런 수모를 당해야 한

다니."

"진즉에 은퇴했어야 했어 당신은."

'제길, 별 볼일 없는 계집만 있을 거라더니! 이런 개 같은 경우가!'

추풍소는 속으로 주 총관을 욕하느라 여념이 없었다. 이곳을 빠져나가기만 한다면 따져도 단단히 따지리라 작정했다.

하지만 그것도 목숨이 붙어 있어야 할 수 있는 일.

추풍소는 자신의 의수를 슬쩍 쳐다보았다.

'이제 믿을 건 너밖에 없다.'

살아서 이곳을 빠져나갈 방법이 이것밖에 생각나지 않았다.

"받아라!!!"

추풍소는 다시 한 번 누워 있는 당문화를 향해 몸을 움직였다. 아니나 다를까 무황의 신형이 아른거리는가 싶더니 어느새 그의 앞을 막아서고 있었다.

그 때였다. 추풍소가 왼손을 앞으로 내민 것은.

"죽어라!"

순간 추풍수의 의수가 박살나더니 그 안에서 헤아릴 수도 없는 많은 침들이 무황을 향해 폭사되어 갔다.

슈슈슈슉.

추풍소가 십 년 넘게 의수 안에다가 감춰 놓고 있었던 것은 다름 아닌 극독을 발라 놓은 암기들이었다.

원래는 당천혁을 만나면 복수하려고 만들어 놓은 것이지만, 수십 년이 지난 지금 무황에게 사용하게 된 것이다.

수십 개의 암기가 폭사되어 오자 무황은 당황할 수밖에 없었다.

설마 그의 의수 속에 이런 암기가 장치되어 있을 줄은 꿈에도 몰랐던 것이다.

물론, 피하면 간단하게 해결될 것이지만, 문제는 뒤에 있는 당문화에게 있었다. 무황이 몸을 비켜서는 순간 뒤에 있는 당문화가 고스란히 그 침에 맞을 것만 같았다. 아마도 추풍소 또한 그러한 점을 노린 것이 분명했다.

"제길!"

선택의 여지가 없었다.

무황은 더 이상 생각할 것도 없이 내력을 끌어올리며 양손을 뒤집었다.

콰콰콰콰콰!!!

지금과는 다른 엄청난 장력이 손에서 발출되어 마주

오는 암기를 향해 쏘아져 갔다.

쾅!

암기와 장력이 부딪혔거늘, 폭탄이 터지는 듯한 굉음
이 울려 퍼지며 매캐한 연기가 공기를 타고 사방으로 흩
어졌다.

방 안에는 곧 일 장 앞도 확인할 수 없을 만큼 연기로
자욱해졌다.

무황은 이 느닷없는 상황에 당황할 수밖에 없었다.

'유황 냄새? 독침 속에 폭탄이 섞여 있었던가?'

무황은 앞이 잘 보이지 않았기에 기감을 넓혀 추풍소
의 존재를 찾았다. 하지만 방 안에는 자신과 모용수미,
당문화 이외 다른 움직임은 존재하지 않았다. 추풍소는
암기를 날린 즉시 몸을 내뺀 것이다.

폭탄의 살상력은 거의 없는 수준.

아마도 추측해 보건대 추풍소가 위급할시 사용할 요량
으로 의수 속에 폭탄과 독침을 암기 형태로 만들어 놓은
것으로 보였다.

"무슨 소리 들리지 않았어?"

"어디지? 뭐가 폭발한 거 같은데?"

폭발 소리가 워낙 컸는지 잠에서 깬 사람들이 방 밖으

로 나와 수군거리는 소리가 들렸다.

무황은 당문화의 상태를 확인했다.

침 하나가 당문화의 허벅지 아래에 꽂혀 있었다.

"제길!"

추풍소를 쫓아가기에는 이미 늦었고, 사람들이 몰려오기 전에 이 일을 어서 수습해야만 했다.

무황은 변체환용술을 사용하여 화무린의 모습으로 돌아왔다.

그리고는 당문화의 허벅지에 꽂혀 있는 침을 뺐다.

어느샌가 당문화의 얼굴은 푸르죽죽 변해 있었다.

독에 중독된 전형적인 형상이었다.

똑똑.

엎친 데 덮친 격으로 방문 밖에 사람의 인기척이 어른거리더니 방문을 두드리는 소리가 들려왔다.

다시금 화무린으로 돌아온 무황이 급히 옷을 추스르더니 방문을 열어 고개만 빼꼼히 내밀었다. 급한 불은 일단 끄고 봐야 하지 않겠는가?

눈은 뜬 듯 만든 최대한 감았고, 방금 잠에서 깬 듯한 표정으로 물었다.

"으응? 무슨 일 있어?"

"무슨 소리 못 들었어? 이 방에서 난 것 같은데?"

"으으음. 아무 일 없는데? 하아암!"

누가 봐도 화무린은 잠에서 막 깨다만 모습이었다. 조금 더 자세히 본다면 그것이 아니라는 것을 눈치챌 법도 싶었지만 밖은 어두웠고, 화무린의 천연덕스러운 연기는 완벽에 가까웠다.

방문을 두들긴 여자 학생이 고개를 갸우뚱거리며 말했다.

"미안, 내가 잘못 들었나 보다. 다시 자."

"응, 알았어. 너도 잘 자."

방문 밖으로 잘못 들었네, 맞네 하는 작은 다툼 소리가 들려왔다.

"휴……."

화무린은 심호흡을 하며 재빨리 방문부터 닫았다.

그리고는 침대에 누워져 있는 당문화를 세심하게 살피기 시작했다. 눈을 뒤집어 까 보기도 하고 입을 벌려 보기도 하고 맥을 짚기도 했다.

화무린의 동작 하나하나에 신중함이 담겨져 있었다.

"흠. 큰일이다!"

당문화의 피부색은 점점 파랗게 질려 가고 있었다. 반

쯤 뒤집어진 눈동자는 흰자가 보이기 시작했고, 입술은
파란 물감을 칠해 놓은 듯 점점 혈색을 잃어 가고 있었
다.

시간이 조금 지나자 몸에서 경련이 일어나며 입가에서
는 거품과 함께 침이 흘러나오기 시작했다.

설명은 길었지만 이 일은 순식간에 벌어진 일이었다.

화무린은 안 되겠다 싶었는지 차례대로 점혈을 하기
시작했다.

천주혈부터 시작된 점혈은 점차 눈에 보이지도 않을
속도로 빨라지더니 어느새 전신에 차지하고 있는 스물한
개의 주요 혈도를 두드리고 있었다.

눈 깜짝할 사이에 혈도를 두들긴 화무린은 품속을 뒤
져 환단과 같은 모양의 작은 단환을 꺼내 당문화의 입속
에 넣어 주었다.

"응급처치는 했으나 치료를 하지 않으면 큰일이다."

화무린은 방문이 향해 있는 곳을 슬쩍 바라봤다.

아직도 밖에는 사람들이 서성이고 있는지 인기척이 들
려왔다.

또다시 침입자가 올 수도 있는 상황인데다가 밖에 있
는 사람들이 자꾸 신경이 쓰여서 치료에 집중을 할 수가

없었다.

지금 상황에서 할 수 있는 선택은 그리 많지가 않았다.

잠시 생각을 마친 화무린은 당문화를 안고 창문 밖으로 몸을 날렸다.

잠시 후, 그녀가 찾아간 곳은 다름 아닌 진상풍 관주의 방이었다.

지금 화무린이 유일하게 믿고 도움을 받을 수 있는 사람은 진상풍 관주밖에 없다고 판단한 것이다.

한밤중에 자다 말고 방문을 받은 진상풍이 놀란 표정을 지으며 물었다.

"이게 어떻게 된 일인가?"

"침입자가 있었습니다."

"무림학관 내에서 말인가?"

"네."

진상풍은 화무린의 품속에서 있는 당문화를 쳐다보고는 다시 물었다.

"독에 당했는가?"

"네. 서둘러 치료를 하지 않으면 위험합니다."

"어서 눕히게!"

화무린은 진상풍의 침대 위에 당문화를 반듯이 눕혀

놓았다.

평소 화무린은 늘 여유를 잃지 않고, 장난기가 늘 얼굴에 서려 있었는데, 지금은 평소의 그답지 않게 서두르고, 말투 또한 딱딱하기 그지없었다.

그만큼 당문화의 상태가 심각하다는 것을 말해 주는 듯했다.

덩달아 진상풍 관주의 얼굴도 심각해졌다.

"침입자는? 침입자는 어떻게 되었는가?"

"도망갔습니다."

"허, 이런!"

화무린이 당문화의 맥문을 잡고 진맥을 하였다. 맥은 뛰고 있었으나, 그 세기가 너무나 미약하고 희미했다.

그나마 다행이라고 할 수 있는 것은 발작 증세가 멈춘 것이다.

"당 소저의 상태는 어떠한가?"

진상풍은 의술과는 거리가 멀었다.

무림인이라면 간단한 내상이나 외상 치료 정도는 할 줄 알았으나 대부분의 무림인들은 독에 관해서는 무지하기 그지없었다.

"위중합니다. 즉시 치료하지 않으면 위험합니다!"

그 말을 들은 진상풍의 얼굴이 눈에 띄게 굳어졌다.

"그래? 내가 뭘 어떻게 도와주면 되겠는가? 의원을 불러 줄까?"

화무린이 고개를 내저었다.

"의원을 부르기에는 너무 늦었습니다. 지금 당장 치료하지 않으면 위험합니다. 치료는 제가 직접 할 것입니다."

"자네가?"

"잘 들으십시오. 저는 지금부터 진기를 주입시켜 당소저의 몸 안에 있는 독 기운을 몰아낼 것입니다. 그 순간에는 누구에게도 방해받아서는 안 됩니다. 자칫 두 사람 다 위험해질 수가 있으니. 호법을 부탁드리겠습니다."

"알았네!"

화무린이 신형을 바로잡고 침대 위로 올라가 가부좌를 틀었다.

당문화의 등 뒤에 손을 대고 양손을 뻗었다.

몸 안에 진기를 흘려보내자 당문화의 몸 상태가 고스란히 화무린의 손을 통해 전달됐다.

'생각보다 훨씬 심각하군.'

얼마나 지독한 독인지는 모르겠으나 당문화의 기혈은

이리저리 뒤틀려 있으며, 어느 곳 하나 진기의 소통이 원활한 곳이 없었다.

혈도를 막아 그런 것일 수도 있겠지만, 근본적으로 독의 기운이 진기의 흐름을 방해하고 있다고 봐도 과언이 아니리라.

지금 시급한 것은 진기의 원활한 운행을 위해 당문화의 몸속의 기운을 밖으로 배출시키는 것이었다.

화무린의 내력을 끌어올려 진기를 주입시키자 양손을 타고 노도의 기운이 쏟아져 나오기 시작했다.

상대방에게 내공을 주입시킬 때는 이때가 가장 중요하다.

당문화의 몸에 필요 이상으로 내공이 주입되면 자칫, 혈맥이나 세맥이 터져 버릴 수도 있기 때문이다. 반대로 너무 약하게 주입하게 되면 새로이 유입된 기운이 당문화의 몸에 축적된 기운이나 선천지기 등에 의해 튕겨져 나와 버리든가 소멸될 수가 있다.

일반적으로 신체 접촉에 의한 내공주입은 시전자가 피시전자의 내공의 두 배 이상은 되어야 별다른 위험 없이 시전 할 수 있다고 알려져 있다.

"으으으윽!"

당문화의 몸속에 막대한 양의 내공이 주입되자, 그녀가 괴로운 듯 신음성을 흘렸다.

그녀가 수련을 통해 단전 속에 축적해 놓고 있던 기운이 화무린의 기운과 부딪히며 발생하는 현상이었다.

주입시키는 내공의 양을 조절해 가며 화무린은 주입시킨 진기의 흐름을 조절하기 위해 갖은 애를 썼다.

이 일은 하는 이나 받는 이 둘 다 쉬운 일이 아니었다.

화무린은 물론 당문화의 몸에서도 땀이 비 오듯 쏟아졌다.

그 광경을 가만히 지켜보던 진상풍이 돌연 헛바람을 집어삼켰다.

"헙."

화무린의 얼굴이 점점 기괴하게 변하더니 무황의 모습으로 되돌아온 것이다. 치료에 전념한 나머지 변체환용술에 대해서는 미처 신경을 못 쓴 탓이었다.

정확히 이야기하자면 그만큼 심적인 여유가 없었다는 말이리라.

하고 싶은 말도 묻고 싶은 말도 산더미처럼 쌓여 있건만, 진상풍은 조용히 두 사람을 지켜보기만 했다.

지금 이 순간이 얼마나 중요한지는 자신 또한 잘 알고

있었기 때문이다.

한참 동안이나 그러고 있었을까?

당문화의 전신 모공에서 역한 냄새와 함께 시커먼 액체가 흘러나오기 시작했다.

몸속의 불순한 기운이 모공 밖으로 배출되고 있는 것이다. 그 바람에 당문화가 입고 있던 옷이 금세 더러워졌다.

"성공인가?!"

그 모습을 보고 진상풍의 얼굴에 화색이 돌기 시작했다.

아니나 다를까 또다시 무황은 등에 맞닿아 있는 손을 내리며 천천히 호흡을 골랐다.

그 모습을 보고 진상풍이 다급하게 물었다.

"어떤가? 치료는 다 되었는가?"

"한시름은 놓았습니다만 아직은 위험한 상태입니다. 독성으로 인해 기혈이 많이 뒤틀려 있는데다가 생각 의외로 몸속에 침투한 독의 독성이 지독해서 완전히 배출해 내지 못했습니다."

"허, 이런! 그러면 이제는 어찌해야 하는가?"

"추궁과혈(推宮過穴)을 통해 뒤틀린 기혈을 잡아 주

고, 남아 있던 독성을 마저 배출시켜야 합니다."

"추궁과혈을 해야 한단 말인가?"

추궁과혈이란 벽타고증, 쾌근안마, 권종지사 등 총 열두 가지 수법을 골고루 이용해서 상대의 몸을 풀어 주거나 상대에게 기를 전달하는 일종의 치료, 안마요법이다.

무림인들은 추궁과혈을 통해 부상자의 내상을 다스리기도 하고, 뒤틀린 근육이나 골격을 잡아 주는 등 치료 방법 쓰고 있었다.

하지만 추궁과혈이 단순히 기를 이용하여 안마를 한다고 되는 것이 아닌지라 시전자는 신체의 주요 혈 자리를 잘 알고 있어야 하며, 맥을 타고 순환하는 기의 흐름 또한 정확히 알고 있어야 한다.

한마디로 어느 정도 의술에 관한 지식이 없다면 불가능하단 소리다.

"그보다도 자네 말이야. 나한테 무슨 할 말 없나?"

할 말? 무슨 소리를 하는 거지?

혹시?

무황은 자신의 신체를 내려다보고서야 변체환용술이 풀렸다는 것을 깨달았다.

무황이 머리를 긁적이며 말했다.

"이게 원래 제 모습입니다. 착오가 있어서 입학하는데 다른 신분을 사용해야만 했습니다."

"나까지 감쪽같이 속였군그래."

진상풍은 놀랍다는 표정으로 무황의 얼굴이나 신체를 만져 봤다.

자신이 직접 보고도 못 믿겠다는 표정이었다.

"거참, 뭐라고 말을 해야 할지."

"사과드리죠. 사정이 있었습니다."

"좋아. 그건 나중 이야기고. 일단은 당문화를 치료하고 나서 이야기하세나."

"알겠습니다."

"어서 시작하게나. 추궁과혈을 한다고 했으니 나는 편하게 치료에 전념할 수 있도록 나가서 호법을 서고 있도록 하지. 아무래도 그게 서로에게 편하겠지?"

무황이 고개를 끄덕였다.

추궁과혈을 하기 위해서는 혈 자리가 잘 보이기 위해 살이 노출되도록 탈의를 시켜야 하기 때문이다. 물론 치료를 위해서라고는 하지만 여인의 속살을 본다는 것은 하는 이나 보는 이나 조금은 민망할 수도 있는 문제였다.

진상풍이 한쪽 눈을 찡긋거렸다.

"혹시 다른 마음이 있어서 그러는 것은 아니겠지?"

"네?"

지금까지와는 조금 동떨어진 장난스러운 동작에 무황이 어이없다는 표정을 지었다.

진상풍은 조금 굳어져 있는 분위기를 풀어 보려고 한 것이다.

그의 심중을 이해한 무황이 진상풍의 등을 떠밀다시피 하며 방문 밖으로 밀어냈다.

"나 참, 무슨 생각을 하시는 거예요?"

"아니, 나는 단지."

"됐어요! 어서 나가기나 하세요!"

"거참, 알았다. 나가면 될 거 아니냐. 좋은 것은 지만 하려고……."

진상풍이 궁시렁거리자 무황이 소리를 빽 질렀다.

"관주님!"

진상풍 관주가 방문을 닫고 밖으로 나가자 무황은 반듯이 누워 있는 당문화를 내려다보았다. 미간을 살짝 찡그리고 있는 것이 조금은 힘들어 보이는 듯했지만, 아까보다는 훨씬 편안한 표정이었다.

이마에는 땀이 송골송골 배어 나오고 있었는데, 몸이

힘든지 살짝살짝 몸을 비트는 듯한 동작을 보였다.

무황은 당문화의 상의를 벗기기 시작했다. 옷이 땀과 시커먼 액체에 젖어 있어서 쉽게 벗겨지지가 않았다.

"아씨, 왜 이렇게 안 벗겨져!"

상의를 가까스로 벗긴 다음 무황은 당문화의 하의 쪽에 손을 뻗쳤다.

허리춤을 단단히 잡기 위해 매어 놓은 끈을 풀고, 하의를 아래에서 당기자 우윳빛처럼 곧게 뻗은 허벅지와 짧은 하얀색 속치마가 눈에 들어왔다.

"으으음."

당문화가 다리를 살짝 비틀자 그 안으로 앙증맞게 보이는 하얀색 속옷이 보였다.

"헙!"

무황이 신음성을 삼켰다.

그 소리를 듣고 진상풍 관주가 방문 밖에서 물었다.

"왜 힘드냐? 내가 안으로 들어가서 좀 도와주랴?!"

'저 늙은 영감탱이가 들어오긴 어딜 들어오려고 그래?'

무황이 보이지도 않는 진상풍에게 눈을 흘기며 외쳤다.

"됐으니까 호법이나 제대로 서 주세요!"

가시 돋친 말투에 진상풍 관주가 입맛을 다시며 대답했다.

"쩝, 알았다. 나쁜 놈!"

뭐가 나쁘다는 건지는 모르겠지만 무황은 고개를 절레절레 흔들었다.

관주라고 하기에 품위 있고, 고고한 줄로만 알았는데, 이제 보니 변태 늙은이 기질이 보이질 않겠는가?

"쩝, 괜히 이상한 말을 해가지고. 나까지 심란하게."

아까는 치료에 필요하다고 생각되어 추궁과혈을 해야 된다고 했지만, 막상 당문화가 여인이라는 것을 의식하니 머릿속이 복잡해졌다.

가슴 부근에 맞닿아 있는 전중혈나 요도와 항문 사이에 자리 잡은 회음혈을 추궁과혈 해주기 위해서는 옷을 벗겨야 하기 때문이다.

벗기는 것뿐만이 문제가 아니었다.

뭉쳐 있는 기혈을 풀기 위해서는 직접 혈 자리에 손이 맞닿아야 하는데, 그것이 자칫하면 큰 오해를 불러일으킬 수도 있기 때문이다.

더군다나 당문화는 대외적으로 명문가의 딸로 알려져 있고, 본인 또한 그렇게 철석같이 믿고 있었다.

무림의 여인들은 일반적으로 평생 동안을 한 남자에게만 속살을 보여 준다고 한다.

결혼을 하기 전 자의가 아닌 타의에 의해 순결을 잃어버릴 경우 대부분의 여인들이 목숨을 끊는다고 하니, 순결에 대한 엄격함이란 이루어 말할 수 없을 정도였다.

물론 무황은 그러한 가문의 법도가 생명보다도 우선시된다고는 생각하지 않았다.

하지만 그것은 어디까지나 무황의 생각일 뿐.

당문화가 그것을 어떻게 받아들일지가 문제였다.

"에라, 모르겠다. 이것저것 다 따지다가 죽고 나면 그게 무슨 소용이냐."

무황은 당문화의 가슴가리개를 잡아채고, 속옷마저도 벗겨 버렸다.

당문화는 순식간에 실오라기 하나 걸치지 않은 전라의 몸이 된 것이다.

가슴으로부터 완만하게 내려오는 허리 곡선과 그 아래로 굴곡을 보이는 둔부까지.

무황은 도무지 눈을 어디다가 두어야 할지 모를 심정이었다.

그 때 밖에서 진상풍 관주의 말소리가 들려왔다.

"이놈아! 잘되고 있느냐?"

저놈의 늙은이는 무엇이 그렇게 궁금할까?

"아씨, 집중 좀 하게 해줘요!"

"집중? 뭘 말이냐?"

그걸 몰라서 묻냐?

무황이 소리를 빽 하니 질렀다.

"치료요, 치료!!!!"

"아하, 그래? 난 또 네놈이 딴짓이라도 할까 염려돼서 그러지. 당문화라면 내게는 조카 딸 같은 아이거든."

"염려 마세요!"

"헐헐, 그래. 그렇다면 내 너를 믿으마. 편히 치료에 전념하도록 해라."

"아, 진짜 미치겠네."

투덜거리면서도 더 이상 지체되면 안 되겠다 싶어 무황은 두 눈을 질끈 감고 내공을 운영했다. 더 이상 시간을 끌면 자신에게도 당문화에게도 이로울 것이 없다고 생각한 까닭이다. 어차피 해야 될 일이라면 빨리 해치워 버리는 것이 더욱 이득이 아니겠는가?

무유천심공을 끌어올리자 머릿속에 잡념이 사라지면서 마음이 차분하게 가라앉았다.

무유천심공의 근본은 불가의 가르침 속에 있었다.

정신적인 해방감을 느끼면서 마음의 평안과 평온을 얻는 것이다. 그것은 곧 몸과 마음의 굳건함을 얻는데 도움을 준다.

무황이 손을 내밀어 추궁과혈을 시작했다.

'당문화는 환자다. 환자.'

움찔.

손끝에 살에 닿는 순간 그 따스함과 부드러움에 움찔했지만, 그것도 잠시 무황은 곧 무아지경 상태에 이르면서 치료에 전념하기 시작했다.

무황의 손이 지그시 누르는가 싶더니 이내 문지르기도 하고, 떡 주무르듯이 주무르기도 했다.

손에서 내뿜는 기로 안마와 비슷한 동작으로 뭉쳐 있는 기혈을 풀어 주는 것이다.

그 대상에는 가슴이나 둔부도 예외는 없었다. 무황의 손이 여인의 가장 깊은 곳까지 들락날락 거리니 만일 상황을 모르는 이가 본다면 영락없이 여인을 강제로 범하려는 색마처럼 보일 것이다.

하지만 정작 당사자인 무황의 표정에는 전혀 욕정 같은 감정이 떠올라 있지 않았다.

오히려 당문화의 가슴과 둔부를 주무르는 동안에도 그의 표정은 경건하고 진중하기만 했다. 마치 진짜 의원이 환자를 대하는 듯한 자세였다.

처음에는 당문화가 수시로 몸을 움찔거렸지만, 시간이 흐를수록 그녀의 표정은 편안한 미소까지 띠기 시작했다.

당문화의 얼굴을 보고 무황이 피식 웃었다.

"그렇게 좋은가?"

❖　　❖　　❖

"뭣이? 실패했다고?"

"예. 그렇습니다."

"흐음. 정녕 의외로군. 혈제마제 추풍소라면 충분하다고 여겼거늘. 아무래도 팔을 잃은 후에 영 감이 떨어진 모양이군. 당문화 정도도 어쩌지 못하고 말이야."

주설화의 보고를 받은 당수기가 인상을 찌푸리며 말했다.

"당문화 옆에 대단한 고수가 있었다고 합니다."

"고수?"

당수기가 고개를 갸웃거렸다.

"조사한 바에 의하면 무림학관 내에서 상주하고 있는

고수들은 크게 경계하지 않아도 될 정도의 수준이라 하지 않았나?"

"네. 그렇습니다."

"추풍소는 명색이 절정고수잖아? 무림학관 내에 그가 당해 내지 못할 고수는 내가 알기로는 다섯도 채 되지 않는다. 그중 두 명은 우리 쪽 사람이지."

"맞습니다."

"그런데 갑자기 뜬금없이 대단한 고수 나타났다니 그게 무슨 말인가?"

"그게 실은."

주설화는 추풍소가 이야기해 준 말을 그대로 옮겼다.

같은 방을 쓰고 있는 화무린이라는 여아가 그를 막아섰고, 또 남자로 변한 이야기. 그가 최후의 수단으로 의수에 숨겨 놓은 암기를 발사시키고, 도망간 이야기를 해 주자 당수기가 놀랍다는 표정을 지었다.

"그 여자, 아니 그 남자의 이름이 화무린이라고 했던가?"

"네, 그렇습니다."

당수기의 머리가 빠르게 회전을 하기 시작했다.

"확실히 당문화에게 뭔가 있긴 있구나!"

"어떻게 할까요?"

"우선은 화무린이라는 자에 대해서 철저히 조사를 하도록 해라. 그의 가문이나 출생, 가족관계, 어떤 경로로 무림학관에 입학을 하게 되었는지 모든 것을 말이다. 당문화를 처리하는 것은 그 이후에 해도 늦지 않는다."

"예, 알겠습니다. 그러면 추풍소는 어떻게 처리할까요?"

"그는 어디에 있느냐?"

"별채에서 쉬고 있습니다."

"토사구팽이라. 쓸모없는 사냥개는 죽여야 뒤탈이 없는 법이지. 그자는 내가 처리하도록 할 테니 너는 화무린이라는 자에 대해서 신경 쓰도록 해라."

주설화가 고개를 숙이며 대답했다.

"알겠습니다."

당수기가 주설화를 가만히 쳐다보다가 물었다.

"요즘 백리종운과는 어떻게 지내느냐?"

"예, 매일같이 저와 함께 침소에 들고 있습니다."

그 말을 들은 당수기가 만족스러운 웃음을 터트렸다.

"그자가 너한테 완전히 빠졌나 보구나. 좋다. 그자를 완전히 휘어잡도록 하여라. 너의 말이라면 팥으로 메주를 쒀도 믿는다고 할 만큼. 언젠가 그가 필요한 날이 올 것이다."

"알겠습니다."

"그러면 쉬도록 해라."

주설화는 대답 대신 고개를 숙였다.

❖　　❖　　❖

무황이 당문화를 치료하기 시작한 지 두 시진 정도가 흘렀다. 진상풍 관주는 밖에서 호법을 서다가 무황이 부르는 소리에 방 안으로 들어갔다.

당문화는 침대에 누워 이불을 덮고 있었고, 무황은 힘이 들었는지 힘없는 표정으로 침대에 걸터앉아 있었다.

진상풍 관주가 물었다.

"치료는 잘 끝났느냐?"

"예, 며칠 푹 쉬고 나면 괜찮아질 거예요."

"그거 참, 다행이구나."

"그보다도 당 소저에게 입힐 만한 옷이 필요해요."

"옷?"

그러고 보니 당문화는 이불을 덮고 있었지만, 이불 위로 드러낸 어깨 부분이 그대로 노출되어 있었다.

바닥에는 그녀가 입었던 것으로 추정되는 옷가지가 흩

어져 있었다. 무황은 곤란하다는 표정으로 어깨를 으쓱거렸다.

"옷이 너무 더러워져서 입힐 수가 있어야 말이죠."

"흠. 알았다. 당 소저가 입을 만한 옷은 내가 구해 오도록 하지."

그 말에 무황이 가자미처럼 눈을 모으며 진상풍을 수상쩍은 눈빛으로 쳐다봤다.

"설마. 직접 입히려는 건 아니죠?"

"왜? 그러면 안 되냐?"

뻔뻔하게 대답하자 오히려 기가 막힌 쪽은 무황이었다.

이거, 이제 봤더니 진짜 변태 늙은이 아니야?

무황이 말없이 째려보자 진상풍 관주가 목청을 크게 보이며 웃음을 터트렸다.

"농담도 못하겠구만. 일하는 하녀를 시킬 테니 그만 쳐다보게."

"확실하죠?"

"허허, 걱정 마시게. 그보다도 아까는 당 소저가 위중해 보여서 기다렸건만 이제는 자초지종을 설명해 줘야지?"

무황은 침대 머리에서 일어나 중앙에 놓인 탁자 의자로 몸을 이동했다. 그는 진상풍 관주를 쳐다보며 말했다.

"살수가 들었습니다."

"살수? 설마, 당 소저를 노리고 온 살수란 말인가?"

"네."

진상풍이 노발대발하여 자리에서 벌떡 일어났다.

"아니! 그동안 경비무사들은 대체 뭘 했기에 학관 내에 살수가 버젓이 돌아다니게 만든 단 말인가?!"

"혹시, 혈수마제라고 아십니까?"

"혈수마제?"

진상풍이 고개를 갸우뚱거렸다.

어디서 들어본 것 같기도 한데, 기억이 잘 나지 않는다.

"혈옥수."

무황이 한마디를 내뱉자 그제야 진상풍 관주가 무릎을 쳤다.

"이제야 기억이 나는군. 이름은 잘 기억이 나지 않지만 이십 년 전쯤 혈옥수를 익힌 고수 한 명이 무림을 종횡무진 한 적이 있었지. 그자의 별호가 혈수마제라고 불렸던 것 같구만. 그자는 아마 당문에 의해 팔이 잘렸다지?"

말을 내뱉다가 진상풍은 뭔가 생각났다는 듯이 말꼬리를 흐리며 물었다.

"혹시, 그가 찾아왔는가?"

"네."

"허허."

워낙 오래전 일이라 기억이 희미했지만 추정컨대 추풍소의 무공수위라면 절정고수급은 될 것이다. 더군다나 그는 당문에 의해 팔이 잘려 나가 당문에 대한 원한이 뼛속 깊이까지 사무쳐 있을 터.

아마도 작정하고 당문화를 노리고 온 것임이 분명했다.

"용케 그자를 상대했군."

진상풍이 의미심장한 눈으로 무황을 쳐다보았다.

무영문의 제자라기에 뭔가 특출 난 데가 있을 것이라고는 생각했지만, 약관도 안 된 나이에 절정고수를 상대할 정도의 무공을 가지고 있을 거라고는 생각하지 못했다.

"혈수마제는 어떻게 되었는가?"

"독을 바른 암기를 던지고 도망갔습니다."

"그걸 당 소저가 맞았나?"

"네."

진상풍은 이제야 상황이 대충 이해가 갔다.

"당 소저를 노리고 있던 자가 추풍소였던 모양이군.

거참 지독하군. 이십 년이나 지난 일이거늘 그 딸아이에
게 복수를 하고자 하다니."

"그러게 말입니다."

"그렇다면 이제 자네는 어찌 되는 건가? 상대의 정체
를 알았으니 비밀 호위를 그만둬도 되지 않겠는가?"

진상풍은 당문화를 노리는 자가 추풍소인 줄로만 알고
있는 모양이다. 그자를 막기 위해 자신이 고용된 것이고.

하지만 진상풍은 모르고 있는 것이 한 가지가 있었다.

그것은 당문화가 그냥 사천당가의 딸 이외에도 또 다
른 신분이 있다는 점이다.

"거기에 대해서 말씀드릴 말이 있습니다."

"뭔가?"

"당 소저를 노리고 있는 자는 추풍소뿐만이 아닙니다."

"응? 그게 무슨 소리인가?"

무황이 한자 한자 힘을 주어 대답했다.

"당문화는 무림맹주의 딸입니다."

제5장

화무린의 실종!

"그게 대체 무슨 소리인가? 무림 맹주의 딸이라니. 설마 무림맹주 백리운을 말하는 것은 아니겠지?"

"맞습니다. 당 소저는 무림맹주 백리운의 딸입니다."

"뭣이?!"

진상풍은 저도 모르게 깜짝 놀라 자리에서 벌떡 일어났다.

"그 말이 사실인가?"

"제가 왜 관주님에게 거짓말을 하겠습니까?"

진상풍은 침중한 신음성을 흘리며 자리에 도로 앉았다.

"당 소저가 맹주의 딸이었다니 어찌 그런 일이… 누구

한테 확인한 것인가? 혹시 이 일에 황 장로도 연관되어
있는 건가?"

무황은 고개를 끄덕였다.

이래서 늙은 생각이 맵다고 하나 보다.

이래저래 경황도 정신도 없을 터인데, 진상풍은 정확
히 일의 경위를 파악하고 있었다.

"그랬군. 그래서 황 장로가 나한테 그런 서신을 보낸
거였군. 이제야 알겠어!"

하지만 놀란 것은 놀란 것이다.

진상풍은 한동안 말을 잇지 못했다.

침묵을 먼저 깬 것은 무황이었다.

"대공자가 당 소저를 노리고 있습니다."

"크흠……."

침중한 신음성만 흘릴 뿐 이렇다 할 말이 없었다.

"원로원도 개입되어 있는 것 같습니다."

"크흐흐흠……."

신음 소리가 조금 전보다 더욱 길어졌다.

대공자인 백리종운이 원로원들과 가깝게 지내고 있다
는 것을 알 만한 사람들은 이미 모두 다 알고 있는 사실.

그것이 어떠한 것을 의미하고 있는지는 조금만 생각해

보면 알 것이다.

원로원은 대공자인 백리종운을 앞세워 무림맹 내의 강력한 지휘 체제를 확립하려는 것이다.

현재도 무림맹 내에서 강력한 영향력을 발휘하고 있는데, 백리종운을 맹주직에 앉히고, 그를 허수아비처럼 부리게 된다면 그야말로 무소불위(無所不爲)의 힘을 가지게 되는 것이다.

원로원의 중요 요직은 대부분은 사도련의 장로들이 역임하고 있었다.

만일 그들의 바람대로 백리종운이 맹주에 오르게 되면, 원로원의 영향력이 지금보다도 막강해질 것이다.

그것은 곧 사도련의 부흥을 의미한다.

지금도 사파인들의 천국이라고 불리는 무림이건만, 더 이상의 힘을 가지게 된다면 아마도 구파일방을 비롯한 오대세가는 명맥만을 유지한 채 숨죽이며 살아가야 할 것이다.

진상풍이 고개를 절레절레 흔들면서 딱하다는 듯이 말했다.

"당문화를 노리는 것은 미리 후환이 될 만한 싹을 제거한다는 뜻인가?"

"아마도 그럴 것입니다."

"당문화를 노리는 것이 대공자라고? 아무리 배다른 핏줄이라고 해도 자신의 여동생이 아니던가?"

"그가 뭔 죄가 있겠습니까? 그저 옆에서 시키면 시키는 대로 하는 게 죄겠지요."

"쯧쯧, 그렇게 권력을 가져 무에 쓴다고……."

"글쎄요. 무림을 일통하고, 고수들을 이끌고 자금성이라도 치려는 모양이죠. 천자라도 되려고 그러나?"

"허허, 정말로 그럴지도 모르겠군."

농담 삼아서 하는 이야기지만 말속에 가시가 있었다.

사도련이 필요 이상으로 힘을 탐하고 있는 것처럼 느껴진 까닭이다.

"쯧쯧, 모든 것은 한쪽으로 치우치지 않고 조화를 이루며 살아가야 하는 것을. 그것을 왜 모를꼬."

"그러게 말입니다. 그래서 무림은 관주님 같은 분이 필요한 겁니다."

"허허, 지금 자네 말 몇 마디로 나를 엮어 보려고 그러는 건가?"

나이를 먹으면 눈칫밥만 는다는 말이 맞나 보다.

진상풍은 무황의 속내를 정확히 꿰뚫어 보고 있었다.

하지만 무황은 뜻을 꺾지 않았다.

지금 상황에서는 진상풍만한 조력자를 찾기 힘들었다.

　진상풍이 적극적으로 자신을 도와주게 된다면 일이 한결 수월하게 풀리리라.

　"무림의 정의나 기치를 바로 세우자는 뜻이 아닙니다. 최소한 사람이 사람답게는 살아가야 하지 않겠습니까? 더군다나 당 소저는 지금 아무것도 모르고 있는 상태입니다. 심지어 자신이 맹주의 딸이라는 사실조차도요. 아무것도 모르는 가엾은 당 소저가 흉악한 살수에 의해 목숨이 끊어져도 좋다는 말입니까?"

　"허허, 말씀이 과하네. 설마 내가 그러한 것을 바라고 있겠는가?"

　"역시 관주님은 그러실 줄 알았어요."

　"그렇다고 도와준다는 소리는 안 했네."

　"누가 뭐라고 했습니까?"

　"허허, 그냥 그렇다고."

　진상풍이 괜히 씁쓸한 입맛을 다신다.

　말은 그렇게 했지만 마음이 불편한 것만은 어쩔 수가 없었다.

　진상풍이 한숨을 쉬며 물었다.

　"모르면 몰랐지. 안 이상 그냥 모른 척할 수만은 없구만. 그래, 내가 뭘 어떻게 도와주면 되겠는가?"

무황이 속으로 쾌재를 지르면서 말했다.

"추풍소가 당문화를 찾아온 것은 결코 개인적인 원한 때문만은 아닌 듯합니다. 아마도 그자의 배후에는 대공자와 사도련이 개입되어 있음이 분명합니다."

그가 어떠한 세력의 도움 없이 개인적인 원한으로 당문화를 노렸다면 몰라도, 여러 가지 정황을 비추어 보건대 그런 것 같지는 않다.

무림학관의 내부에 대해서 너무 잘 알고 있다는 점이나, 당문화가 묵고 있는 숙소의 위치, 자신의 이름까지 파악하고 있었다는 점을 미루어 볼 때, 당문화에 대해서 철저한 사전 조사가 이루어졌다는 것을 알 수 있었다.

물론 추풍소가 마음만 먹으면 못 알아낼 것도 없으나, 그 시기가 묘했다.

여지껏 조용히 지내다가 이십 년이나 지난 지금에서야 당문화에게 복수를 하기 위해 찾아왔다는 것이 뭔가 꺼림칙한 것이다.

전후 사정을 다 듣고 난 진상풍은 고개를 끄덕이며 말했다.

"확실히 이십 년이나 지난 지금 갑자기 그가 나타난

것이 이상하군."

"만일 그자의 뒤에 대공자와 사도련이 있다면 그들 또한 당 소저 옆에 제가 있다는 것을 알았을 겁니다."

"음. 그렇겠군."

"이렇게 된 이상 여장 짓은 그만두고 본격적으로 당문화를 보호해야겠습니다."

진상풍이 잠시 생각해 보는 듯하더니 입을 열었다.

"그래도 당문화와 지내려면 여자의 모습으로 있는 게 더 편하지 않겠는가?"

진상풍이 뭔가를 생각해 냈는지 눈이 반달처럼 휘어지며 입가에 미소를 지었다.

그 모습을 보고 무황이 물었다.

"갑자기 왜 그러세요?"

진상풍이 조금 뜸을 들인 후에 말했다.

"그런데 궁금해서 그런데… 혹시 여자로 변하는 거 말이야. 그거 무공인가?"

"네."

"실제 여자의 몸과 같이 똑같아지나?"

"그런데 그건 왜 물으세요?"

"킄킄큭."

진상풍이 무슨 생각을 하는지 실실 웃기 시작했다. 그의 손은 가슴을 매만지고 있었고, 시선은 하체 쪽을 향하고 있었다.

도대체 무슨 생각을 하고 있는 것일까?

왠지 불쾌하면서도 찝찝한 기분이 들었다.

"무슨 상상을 하는 거예요?!"

"큼큼. 내가 무슨 생상을 했다고 그러는가? 그냥 참으로 쓸 만한 무공이다라고 생각하고 있었지."

진상풍이 헛기침을 토해 내더니 다시 말을 이었다.

"그런데 그거 나도 좀 알려 주면 안 될까?"

"뭘요?"

"방금 말한 그 거 말이야."

헐, 이 늙은이가 그걸 익혀서 뭘 하려고?

만일 진상풍 관주가 변체환용술을 익히게 된다면, 아마 무림은 전무후무한 변태 늙은이를 보게 될지도 모른다.

방금 전의 행동이나 표정이 그걸 증명해 주는 듯하다.

생각만 해도 소름이 끼쳤다.

"그건 무영문의 비전절학인데요? 문파의 무공을 함부로 노출시킬 수는 없는 노릇이잖아요. 안 그래요?"

단호한 말에 진상풍이 입맛을 다셨다.

"그렇지. 그럴 수야 없지. 쩝."

아쉽다는 표정을 짓는 진상풍에게 무황이 한심하다는 표정으로 물었다.

"혹시 말인데요. 관주님이 이러시는 거 사모님이 알고 계세요?"

갑자기 어리둥절한 표정을 짓는 진상풍.

"응? 그게 무슨 소린가? 나 미혼인데?"

헐, 이건 또 무슨 소린가? 환갑에 가까운 나이가 되도록 아직도 미혼이라니?

무황은 전혀 생각지도 못한 말이었다.

"어쩌다가요?"

그 말에 진상풍 관주가 우물쭈물 거렸다.

"무공에 심취한 나머지 시기를 놓쳤네."

"그랬군요."

무황이 알겠다는 듯이 고개를 끄덕였다.

자유분방함을 좋아하는 무림인들 중에는 홀로 늙어 가는 이들이 생각보다 많았다. 가정을 꾸리게 되면 얻는 것도 많은 대신, 잃는 것도 많기 때문이다.

진상풍도 그런 이들 중 하나였나 보다.

'여자에 대한 갈망이 너무 커서 저렇게 변했나?'

괜한 측은지심이 들었다.

"제가 괜찮은 분 알게 되면 소개시켜 드릴게요."

그 말에 진상풍 얼굴에는 화색이 돌았다.

하지만 점잔을 빼려는지 헛기침을 하며 고개를 좌우로
흔들었다.

"큼큼. 이 나이 먹어서 여자는 무슨……."

말은 그렇게 하지만 입가에는 미소가 한껏 걸려 있었다.

나이나 지휘를 막론하고 외로움을 타는 것은 사람의
본능인가 보다.

"제가 괜찮을 분을 꼭 소개시켜 드릴 테니까 관주님도
저를 좀 도와주셔야겠어요."

"큼큼. 괜찮대도 그러네."

말은 그렇게 해도 지금이라면 그 어떤 어려운 부탁이
라도 들어줄 기색이었다.

"추풍소가 제가 남자인 걸 봐 버렸어요."

"흠. 그래?"

"새로운 신분을 가져야겠어요. 여자로 생활하기에는
불편한 점이 한두 가지가 아니거든요."

추풍소가 돌아가면 화무린에 대해서도 틀림없이 언급
할 터. 이제 그들의 표적은 당문화뿐만이 아니라 화무린도 그 속에 포함될 것이다. 신분이 노출된 이 마당에 여자의 모습을 고집하는 것은 득보다는 실이 많았다.

"그래야지."

진상풍이 고개를 끄덕였다.

"이전이야 내가 몰랐으니 그러려니 넘어갔지만, 지금은 자네가 사내라는 것을 안 이상 여자들과 생활하게 놔둘 수는 없지. 남녀가 유별한 법이거늘!"

"무슨 좋은 방법이라도 있나요?"

"음."

진상풍이 잠시 생각하더니 이내 말을 이었다.

"때마침 교관 중 한 명이 병가를 내기로 했으니 그동안 자네가 그 자리를 맡으면 어떻겠는가? 아마 자네도 알걸세. 연 교관이라고. 자네가 낭심을 걷어차는 바람에 잠시 병가를 내서 쉬기로 결정했지."

무황이 큭큭거리며 웃음을 터트렸다.

그러고 보니 얼마 전에 있었던 일인데 까마득히 잊어버리고 있었다.

"연 교관을 대신해서 신입생들을 가르치면 되네. 어떤가? 할 수 있겠는가?"

생각해 보니 나쁠 것 같지가 않다.

"좋습니다. 그렇게 하도록 하죠!"

"알겠네. 하지만 다른 이들의 반발이 있을지도 모르니 임시직으로 채용하도록 하지. 아쉽지만 내 권한으로는 그 정도밖에 해줄 수가 없네. 그래도 괜찮겠는가?"

"아무려면 어떻습니까?"

"좋아. 그러면 내일부터 당장 일하는 것으로 하지."

"그런데 월급은 주는 거죠?"

"쥐꼬리만큼이니 기대하지는 말게. 말 그대로 임시직이지 않은가?"

"쩝. 알겠습니다."

무황이 입맛을 다셨다.

"그보다도 앞으로 어떻게 할 것인가? 오늘 일은 수습을 해야겠지? 당 소저한테는 뭐라고 말할 셈인가?"

당장 그것도 문제였다.

잠자고 있는 사이 습격을 받은 일이나, 자신이 남자였다는 말을 어떻게 해야 한단 말인가? 그러자면 그녀가 맹주의 딸이라는 사실을 밝혀야 이야기를 풀어 나갈 수가 있는데, 그녀 스스로가 알아낸다면 모를까 아직은 말하기에는 시기상조였다.

그 문제에 대해서는 황 장로와 이야기를 나누어 보아

야겠다는 생각이 들었다.

"이렇게 하세."

"어떻게요?"

"간밤에 침입자가 들어서 화무린이 괴한에게 납치를 당한 걸로 하세. 추풍소나 대공자 측에서는 당 소저를 노리는 것이 외부로 알려져서는 곤란할 테니 괴한이 추풍소라고 먼저 밝히고 나서지는 않을 테고, 자네는 이참에 화무린의 신분을 벗을 수 있으니 좋은 기회이지 않은가? 어떤가?"

들고 보니 기가 막힌 방법이었다.

무황이 손뼉을 치며 말했다.

"이야, 그렇게 좋은 방법이 있었네요!"

"껄껄, 내가 늙기는 했어도 머리까지 늙은 것은 아니라네."

"좋아요. 그렇게 하기로 하죠."

"알겠네. 내 그렇게 조치하도록 하지."

"그런데 당 소저랑 모용수미는 어떻게 하죠?"

한 가지 일이 해결되자 또 다른 일이 현실로 닥쳐 왔다. 갑자기 머리가 아파 왔다.

"으, 골치야."

화무린이 괴한에게 납치당했는데, 당문화가 입고 있던 옷이 더럽혀진 이유나, 침입에도 불구하고 당문화와 모용수미가 인기척을 느끼지 못했다는 점은 또 어떻게 설명해야겠는가?

"두 사람이 깨어나지 못한 것은 괴한이 수면향을 썼다고 하면 될 일이네만 옷이 문제로군. 일단 빨아서 급한 대로 입혀 놓는 수밖에 없겠네."

진상풍의 말대로 그것 외에 별다른 뾰족한 방법이 떠오르지 않았다.

"그러면 관주님이 수면향을 구해다 주실 수 있을까요?"

"그건 뭣하게?"

"이왕 거짓말을 하려면 정확하게 해야죠. 저는 거처로 돌아가 싸운 흔적은 없앤 다음 미량의 수면향을 뿌려 놓을 겁니다. 그걸 봐야 사람들이 의심을 안 하죠."

"음, 그렇군."

"저는 그동안 당 소저의 옷을 빨고 있겠습니다."

"좋아. 그러도록 하지."

무황은 바닥에 어지럽게 흐트러져 있는 당문화의 옷가지를 들고, 근처에 있는 냇가로 달렸다. 한밤중이라서 그런지 사람의 흔적은 보이지 않았다.

무황이 쪼그리고 앉아 당문화의 옷을 빨려고 하는 순
간, 머릿속을 스치는 것이 있었다. 생각해 보니 당문화의
옷에 묻은 것은 그녀의 체내에서 나온 탁기들과 독성들이
뒤엉켜 나온 것들인데 그것을 우물가에 집어넣자니 물이
오염될 것 같았다.

더군다나 독성이 워낙 강한 탓에 액체를 씻어 낸다고
해도 씻겨질 것 같지도 않았다.

"으아, 미치겠네."

무황이 머리카락을 마구 헝클어뜨렸다.

무황은 결국 옷을 적당한 곳에 묻어 버리고, 경신술을
발휘해서 진상풍 관주의 방으로 돌아왔다.

방에 돌아오자 진상풍이 화들짝 놀란 표정을 지었다.

의자 위에는 앉아 있었지만, 뭔가 자세가 어정쩡한 게
움직이다가 급히 의자 위에 앉은 기색이 역력했다.

혹시……?

무황은 당문화가 누워 있는 곳을 바라봤다.

다행히도 떠나기 전과 별다른 변화는 없어 보였다.

무황이 가늘어진 눈으로 쳐다보자 진상풍이 딴청을 하
며 말했다.

"벌써 돌아왔는가?"

"관주님은요? 수면향은 어쩌시고요?"

"수면향은 여기 있네."

진상풍은 방 한구석에 있는 궤짝을 열어 자그마한 호리병을 하나 꺼내 들었다.

"자, 받게나."

무황은 그가 내린 호리병과 그의 얼굴을 번갈아 가면서 쳐다봤다.

관주라는 직책을 가진 자가 무슨 용도에 쓰려고 수면향을 방 안에 보관하고 있었을까?

그런 무황의 속내를 짐작이라도 했는지 진상풍이 입을 열었다.

"오해 말게나. 요즘 잠이 잘 오지 않아 의왕전에서 처방받아 놓은 것이니."

"정말인가요?"

"허허, 그러면 내가 거짓말을 할까?"

무황이 아직 의심이 다 가시지 않은 표정으로 물었다.

"혹시 제가 오기 전에 뭘 하시려는 건 아니셨죠?"

"뭘 말이냐? 나는 의자에 앉아 자네가 오기만을 기다렸을 뿐인데."

"흠."

심증은 있으나 물증이 없다.

무황이 의심쩍은 눈초리로 쳐다보자 진상풍이 화제를 돌릴 요량으로 말을 돌렸다.

"옷은 어쩌고 빈손으로 왔는가?"

"생각해 보니 그냥 버리는 편이 나을 것 같았습니다."

"하긴, 독이 묻었으니 잘 지워지지도 않았을 거네. 그걸 우물가에서 빨 수도 없는 노릇이고."

"응? 마치 본 듯이 말씀하시네요. 그렇게 잘 아시는 분이 아까는 왜 가만히 계셨어요? 혹시 나를 내보내고 뭔 짓이라도 할 생각이셨던 거 아니었어요?!"

"응? 지금 생각해 보니 그럴 것 같다는 생각일세. 그리고 자꾸 나를 변태 취급 할 텐가?! 자꾸 이러면 섭섭하네."

진상풍이 눈썹을 역반달 모양으로 찡그리자 무황은 더 이상 추궁하기가 곤란해졌다.

무황이 두 손을 내밀며 설레설레 흔들었다.

"아니에요. 설마 제가 관주님을 그렇게 생각했겠어요?"

"쓸데없는 소리 말고, 어서 숙소로 돌아가 수면향을 뿌리고, 당 소저가 입을 만한 옷가지나 챙겨 오게. 자네의 소지품도 몇 가지 챙겨 오고."

"네. 알겠습니다."

수면향을 받아 든 무황이 대답만 할뿐 멈칫거리며 나가지 않고 있자 진상풍이 의아한 표정으로 물었다.

"뭐하는가? 어서 가지 않고?"

"혹시 제가 없는 사이……."

"쓸데없는 소리!"

"이크."

진상풍이 진짜로 화를 낼 기색이자 무황이 재빨리 신형을 뽑아 올려 창문을 향해 몸을 날렸다. 그의 신형이 한줄기의 유성처럼 쏜살같이 하늘을 향해 뻗어 나갔다. 그가 사라지는 것은 순식간의 일이었다.

그 모습을 보고 진상풍이 감탄 어린 소리를 내뱉었다.

"허허, 무림에 잠룡이 숨어 있었구만."

다음 날 아침.

"꺄아아아악!!!!!"

삼백이호실에서 요란한 여자의 비명 소리가 울려 퍼졌다.

비명 소리의 주인공은 다름 아닌 당문화였다.

잠자리에서 일어난 당문화는 유난히 무거운 몸을 일으

켰는데, 방 안은 늘 보아 오던 그런 방 안이 아니었다.

탁자는 뒤집혀져 나뒹굴고 있었고, 암기로 보이는 듯한 뾰족한 침이 기둥과 벽에 듬성듬성 박혀 있었다.

전투를 했을 것이라 짐작이 됐건만 정작 이상한 점은 왜 자신이 이런 북새통 속에서 깨어나지 못했느냐였다.

"도대체 무슨 일이 있었던 거지?"

당문화의 눈에는 모용수미가 자고 있는 것이 보였다. 그가 모용수미에게 다가가 다급히 흔들어 깨웠다.

"수미야, 그만 일어나 봐!"

몇 번이나 모용수미를 흔들자 그녀가 힘겹게 눈꺼풀을 밀어 올리며 물었다.

"하암, 무슨 일인데요?"

"화 언니 어디 갔어?"

"화 언니요?"

모용수미가 동그란 눈을 뜨고 방 안을 둘러보다 화들짝 놀란 목소리로 물었다.

"그런데 방 안이 왜 이래요?"

"나도 모르겠다. 일어나 보니 이랬어. 그나저나 화 언니는 어디 갔지?"

당문화는 불현 듯 불길한 생각이 들었다.

아무래도 화무린이 보이지 않는 것이 이 방 안에 남겨져 있는 전투의 흔적과도 연관이 있다고 생각한 까닭이다.

"응? 그런데 내가 왜 이 옷을 입고 있지?"

당문화는 불현 듯 자신이 입고 있는 옷을 내려다보다 또 한 번 깜짝 놀랐다.

하얀색 옷이 입혀져 있는 것이다.

어제 분명히 자신이 잠자리에 들기 전 입었던 옷은 노란색이었다. 자기 전 동경을 쳐다보며 마치 자신이 병아리처럼 귀엽다고 느껴져 미소까지 지었기에 또렷하게 기억이 났다.

더군다나 지금 입고 있는 옷은 외출복으로 입고 자기에는 조금 불편한 옷이기에 잘 때는 입지 않는 옷이었다.

당문화는 머리를 마구 헝클어뜨렸다.

"도대체 무슨 일이 있었던 거야?!"

제6장

교관에 임명되다!

다음 날, 무림학관이 발칵 뒤집혔다.

지난 밤 사이 괴한이 여자 숙소에 침입하여 신입생을 한 명을 납치해 간 것이다.

이것은 무림학관이 건설된 이래로 처음 생긴 일이었다.

어느 간 큰 괴한이 감히 무림맹의 비호 아래에 있는 무림학관에 침입하여 신입생을 납치해 간단 말인가?

진상풍 관주를 비롯하여 무림학관의 수뇌부가 모두 참석한 가운데 이른 아침부터 긴급회의가 소집되었다.

쾅!

진상풍이 거세게 탁자를 내리치는 것으로 회의가 시작

되었다.

"모두 이 자리에 모인 것은 잘 알고 있으리라 생각되오. 간밤에 무림학관 내에 괴한이 침입하여 여자 신입생을 납치해 갔소이다."

그 말에 모인 사람들이 웅성웅성 거렸다.

"어찌 그런 일이 생길 수 있단 말이오? 대체 학관 내의 경계를 어떻게 섰단 말이오?"

진상풍이 학관 내의 치안과 경비를 담당하는 청월당주를 쳐다보며 말했다.

"입이 있으면 말해 보시오. 이게 어떻게 된 일인지!"

"그게……."

청월당주라고 딱히 할 말이 있진 않았다.

청월당주는 부관주 추일봉의 소개를 통해 들어온 이.

평소 근무 태도도 좋은 편이 아니었고, 툭하면 술을 마시고 부당주에게 일을 떠넘기기가 일쑤였다.

그가 도와 달라는 표정으로 부관주인 추일봉을 쳐다봤다.

그의 눈길을 느낀 추일봉이 헛기침을 하며 말했다.

"험험. 관주님 진정하십시오."

"내가 지금 진정하게 생겼소?! 말해 보시요! 어젯밤에 어디서 무엇을 하고 있었는지를!"

"그게······."

"흥, 보나마나 어디서 술을 마시고 있었던 것 아니요!"

"아닙니다. 저는 평소와 같이 순찰을 돌고 있었습니다."

"거짓말 마시오! 청월당주께서는 어젯밤에 춘향각에서 술을 마시고 있지 않았소이까? 내 이미 알아보았으니 행여 거짓말할 생각은 마시요!"

꿀꺽.

청월당주가 마른침을 삼켰다.

그의 말을 정말이었기 때문이다. 그는 어젯밤에 춘향각이라는 술집에서 밤새도록 계집을 끼고 술을 마셨던 것이다.

그는 요즘 매일같이 춘향각에 드나들고 있었다.

춘홍이라는 기녀에게 푹 빠져 있었기 때문이다. 그와 같은 사실은 정문을 지키는 하급무사들도 모두 알고 있는 사실.

관주라고 그 사실을 모르고 있을 리가 없었다.

평소에는 그걸 알고도 그냥 눈감아 주던 관주였다.

하지만 그것은 아무 일도 일어나지 않았을 때였고, 지

금은 상황이 달랐다. 조직을 이끌다가 보면 무슨 일이 생길시 그것을 책임져야 할 사람이 꼭 필요하다. 그래서 직위나 감투가 필요한 것이고.

할 말이 없어진 청월당주는 꿀 먹은 벙어리가 되었다.

일이 어떻게 해결되든 간에 그는 벌어진 일에 대해서 책임을 질 수밖에 없었다.

서릿발 같은 추궁이 그에게 내려졌다.

"내 이번 일은 엄히 물을 것이요."

청월당주가 도와 달라는 표정으로 부관주를 쳐다봤다.

부관주 추일봉은 슬쩍 그의 시선을 외면했다.

사안이 사안인지라 도와줄 수가 없는 것이다.

무림학관은 대부분의 학생들은 무림을 지탱하고 있는대, 소문파의 자제들로 구성되어 있다. 학관을 운영하는데 있어 여러 가문들의 지원은 실로 이루어 말할 수 없을 정도로 막대한 것이었다. 그 덕에 부관주나 청월당주 같은 이들이 넉넉한 급여를 받으며 풍족한 생활을 할 수 있는 것이다.

그런 귀한 가문의 자제가 무림학관 내에서 납치를 당했다고 하니, 이 일은 쉬이 넘어갈 수 있는 문제가 아니었다.

하지만 그나마 다행이라는 점은 납치를 당한 화무린이라는 소저의 가문이 별 볼일 없는 가문이라는 점이었다.

만일 하나라도 납치당한 이가 대문파의 자제라도 되었다면 청월당주는 목숨을 내놓아도 모자랐을 것이다.

'철가장? 그건 또 어디에 붙어 있는 가문이야?'

부관주인 추일봉은 이미 간단한 조사는 끝마치고 들어온 상태.

그가 진상풍에게 말했다.

"사람을 풀어 일어난 일에 대한 진상 조사를 하고 있습니다. 그나마 다행인 점은 그 방에 묶고 있던 당 소저나 모용 소저가 무사하다는 점입니다. 혹시라도 그녀들에게 무슨 일이라도 벌어졌다면……."

쾅!

진상풍이 주먹으로 탁자를 세게 내리쳤다.

"그걸 말이라고 하시오! 지금 부관주께서는 당 소저나 모용 소저의 존재는 중하고, 사라진 화 소저의 존재는 값어치가 없다는 뜻이요?"

"아니, 제 말은 그게 아니라……."

"듣기 싫소이다! 나는 지금 무림학관에서 납치를 당한 소저에 대해 말하고 있는 것이오!"

평소와는 완전히 다른 모습에 부관주 추일봉은 자라목
이 되어 어깨를 움츠렸다.

진상풍 관주가 좌중을 싸늘한 눈으로 쏘아보며 말했다.

"이 일을 엄히 조사하여 어젯밤 보초를 서는데 있어서
조금이라도 소홀했던 이가 있었다면 내 엄중히 그 책임을
물을 것이니 그렇게들 아시오!"

모여 있는 이들은 모두 침묵을 지켰다.

이럴 때는 가만히 있는 것이 상책이라 느낀 것이다.

"그리고 한 가지 더!"

진상풍 관주가 한쪽 구석에 시립해 있는 자를 쳐다보
고는 손짓을 했다.

"이리 오시오."

모여 있던 이들이 의아한 표정으로 진상풍이 부른 자
를 쳐다봤다. 엄숙한 지금의 분위기와는 조금 동떨어진
장난스럽고 치기 어린 모습의 약관도 안 돼 보이는 젊은
청년이었다.

진상풍이 모여 있는 이들에게 무황을 소개했다.

"오늘부터 신입생들을 가르칠 새로운 교관이요. 소개
는 직접 하도록 하지."

진상풍의 말을 이어받은 무황이 고개를 숙이며 말했다.

"안녕하세요. 천무황입니다. 잘 부탁드리겠습니다."

그 모습을 보고 부관주인 추일봉이 인상을 찌푸렸다.

무림학관의 교관을 뽑는 인사권은 대부분 자신에 의해 좌지우지되고 있었다.

대개 청탁을 받아 교관직을 내어 준 추일봉은 이번에는 누구에게 교관직을 줄까 고심하고 있던 중이었다. 그러던 찰나 뜬금없이 관주가 새로운 교관을 데리고 왔으니 그는 중요한 수입 하나가 줄어들었다.

당연히 기분이 좋을 리가 없었다.

'제길, 저 늙은이가 망년이 났나? 평소에 안 하던 짓을 왜 이렇게 한담?'

"관주님, 신입생이라고 하나 어렸을 때부터 무공을 배우던 이들이 오는 곳이 바로 무림학관입니다. 그런 이들을 가르치려면 여러 가지 면에서 그만한 자격을 갖춰야 하지 않을까요?"

"그것은 걱정 마시오. 내 이미 충분히 검증하였으니. 천 교관은 충분히 그럴 만한 자격을 갖춘 자요. 내가 설마 그런 것도 고려하지 않고 뽑았을까 봐 그러시오?"

관주가 이렇게까지 말하는데 더 이상 반대를 하는 것도 모양 빠지는 일이었다.

더군다나 회의실 분위기도 별로 좋지 않은데다가, 관
주 또한 화가 많이 나 있는 상태인 만큼 이번만은 부관주
가 양보해 주기로 마음먹었다.

"아닙니다. 그럴 리가 있겠습니까?"

"천 교관이 공무를 잘 볼 수 있게 그대들이 많이들 도
와주시오."

"알겠습니다."

"납치에 대한 자세한 진상이 규명된 후 회의는 저녁에
다시 하도록 하겠소. 학생들이 혼란을 겪지 않게 오늘은
각별히 맡은 바에 신경을 써 주시오."

"알겠습니다."

"모두 나가 보시오. 그리고 천 교관은 잠시 남으시오.
내 할 말이 있으니."

모여 있던 이들이 하나둘 자리를 뜨고, 무황과 진상풍
만이 남게 되자 진상풍이 그들이 나간 문 쪽을 쳐다보며
고소해 죽겠다는 표정을 지었다.

그것을 보고 무황이 말했다.

"좋아 죽겠다는 표정입니다?"

"큭큭, 십 년 묵은 체증이 싹 내려가는군."

"당하는 입장에서는 그러지 않을 텐데요. 특히 부관주

얼굴이 볼만 하던데요?"

"그는 그동안 뒷돈을 받으면 호의호식하면서 살아왔지. 이 정도는 아무것도 아니야."

"그런가요?"

"근 몇 십 년 동안 무림은 침체기를 보내왔지. 고여 있는 물은 썩기 마련. 그동안 권력을 잡아 온 이들은 알게 모르게 부패와 권력 남용을 일삼아 왔네. 무림학관 또한 예외는 아니지. 아마 모르긴 몰라도 저들은 자네를 달가워하진 않을 걸세."

"뭐, 그런 것은 아무래도 좋습니다. 저는 제 할 일만 하면 되니까요. 제가 할 일은 무엇입니까?"

"음, 훈련관에서 장량을 찾게나. 그가 총교두직을 맡고 있지. 그가 자네가 해야 할 일을 알려 줄 걸세."

"알았습니다."

"그자는 다른 교관들과는 다르니 알아서 잘하도록 하게나. 무척이나 깐깐한 사람이니."

❖   ❖   ❖

"화 소저가 납치되었다니 그게 도대체 무슨 소리야?"

남궁현승을 비롯한 이들이 뜬금없는 소리에 놀라 자리에서 벌떡 일어났다.

그들 또한 뭔가 심상치 않은 일이 무림학관 내에 생긴 것을 눈치챘지만, 당문화에게서 자세한 내막을 듣고는 믿을 수 없다는 표정을 지었다.

가장 충격이 큰 것은 풍일이었다.

요즘 풍일은 매일같이 화무린 보는 낙에 산다고 해도 과언이 아니었다.

그런 그녀가 하룻밤 사이에 사라진 것이다.

"어떻게 이런 일이 벌어질 수가 있지? 문화, 너는 혹시 자는 동안 아무런 낌새도 알아차리지 못했느냐?"

풍일이 당문화를 다그치듯 말했다.

마치 자신을 추궁하는 듯한 말투에 당문화는 기분이 조금 나빠졌다.

"모르겠어요. 자고 일어나 보니 몸이 무겁고, 몽롱한 게 아무래도 수면향 같은 것에 중독되었었나 봐요. 그건 모용수미도 마찬가지였고요."

"이런, 교활한지고!"

자고 있는 소저들에게 수면향을 피워 중독시켰다고 하면 침입자 또한 좋은 의도에서 찾아온 것은 아닐 터.

그런 부류의 인간들이 여자를 납치해 할 짓은 불 보듯 뻔했다.

쾅!

그 말을 잠자코 듣고 있던 남궁현승이 화가 난 표정으로 탁자를 거세게 내리쳤다.

"어찌 인간의 탈을 쓰고 그런 짓을 할 수 있단 말이냐! 이번 일은 그냥 넘어갈 수 없다. 내 단단히 학관 측에 따져야겠다. 대체 어찌 경비를 섰기에, 그런 괴한들이 담을 넘게 내버려 뒀단 말이냐?"

남궁현승이 당장이라도 관주를 만나서 따질 기세자 보다 못한 서문휘가 말리고 나섰다.

"참아라. 현승아. 그게 어찌 학관 잘못이겠느냐? 그 괴한의 무공이 생각보다 절륜한 탓이겠지. 지금은 책임을 따지는 것보다도 화 소저의 안위를 확인하는 것이 우선이다."

생각해 보니 하나같이 맞는 말이었다.

무림학관의 경비가 아무리 삼엄하다고 해 봤자, 누군가 작정하고 침입을 준비한다면 그다지 어려운 일이 아니었다. 그렇다고 일개 경비를 서는 자들을 일류급에 해당하는 고수들로 채울 수는 없는 노릇.

지출되는 막대한 급여도 문제였지만, 일류고수들은 밤 잠을 설쳐 가며 보초를 서려고 하지도 않을 것이다.

남궁현승은 자신이 필요 이상으로 흥분한 것을 깨달았다.

"미안, 내가 조금 흥분했나 보다."

당문화도 조금 놀란 표정으로 말했다.

"그래요. 오빠. 조금 진정하세요."

"문화에게도 미안하구나."

"아니에요."

남궁현승의 장점은 바로 이런 데에 있었다. 자신이 잘못한 것을 금방 인정할 줄 알았다. 그것은 무공을 익히는 데 있어서도 크나큰 강점이 된다. 꾸준히 자기 자신을 되돌아보고, 단점을 되새겨 봄으로써 잘못된 점을 금방 바로잡을 수가 있는 것이다.

"너희 둘은 괜찮은 것이냐? 어디 다친 곳은 없고?"

남궁현승이 당문화와 모용수미에게 물었다.

당문화가 대답했다.

"저희는 괜찮아요."

모용수미도 고개를 끄덕였다.

"저도요."

"다행이구나."

아침부터 좋지 못한 소식을 접한 터라 모여 있는 이들의 분위기는 침중하기 그지없었다. 그것을 증명해 주듯이 그들 앞에는 식사로 추정되는 여러 가지 요리가 놓여 있었지만, 그것을 먹고 있는 사람은 아무도 없었다.

조용한 침묵만이 맴돌았다.

잠자코 있던 풍일이 침묵을 깨고 말했다.

"우리라도 찾아야 하는 거 아니야?"

"우리가?"

"그래. 그동안의 정이 있지 나 몰라라 하는 것은 의리가 아닌 것 같다."

남궁현승이 곰곰이 생각해 보더니 입을 열었다.

"네 말이 옳다. 하지만 무턱대고 움직이는 것은 조금 그렇다. 조사단이 꾸려졌다니까 뭐라도 찾을 만한 단서라도 나오게 된다면 그때 움직이기로 하자."

다른 일행들도 그 말이 옳다고 생각했는지 조용히 고개를 끄덕였다.

풍일이 창밖을 바라보며 들릴까 말까 한 소리로 중얼거렸다.

"부디 화 소저가 무사해야 할 텐데."

❈　　❈　　❈

"에췻! 누가 내 이야기를 하나?"

무황은 재채기를 하고 손등으로 코 아래를 쓱쓱 닦았다.

"여긴가?"

무황의 앞으로 단층으로 길게 뻗은 전각 형태의 건물이 보였다.

건물의 밖에는 갖가지 병장기가 놓여져 있었고, 그 앞에는 거칠어 보이는 중년 사내가 창을 들고 이리저리 휘두르고 있었다.

짧은 구레나룻과 덥수룩하게 난 수염이 인상적인 사내였다.

무황은 그자의 앞에 다가가서 물었다.

"혹시 훈련관이 이곳입니까?"

그가 힐끔 쳐다보는가 싶더니 이내 다시금 검을 휘두른다.

'응? 뭐지?'

왠지 무시하고 있다는 기분이 강하게 들었다.

마치 자신을 깔보는 듯한 느낌이었다.

하지만 아쉬운 쪽은 무황이었고, 대답을 해주지 않았다고 해서 화를 낼 수도 없는 노릇이었다.

무황이 다시 물었다.

"그러면 혹시 장량이라는 분을 아십니까?"

묵묵부답.

이젠 아예 쳐다도 보지 않는다.

대답이 들려오기만을 기다리고 있던 무황이 낮게 투덜거렸다.

"쳇, 귀머거리인가? 사람이 말을 해도 왜 못 알아들어?"

횡. 횡.

그가 휘두르고 있던 창이 돌연 궤적을 바꾸어 무황이 있는 쪽으로 날아들었다.

무황은 거의 본능적으로 몸을 눕혀 그 창을 피해 냈다. 아마도 멍청하게 서 있었다면 창에 의해 족히 이 장은 날아갔을 것이다.

"뭡니까? 다짜고짜?!"

중년 사내는 대답 대신 다시 한 번 창을 휘둘렀다.

창이 부드러운 포물선을 그리며 무황의 어깨를 노리며

날아들었다. 무황은 어깨를 비틀며 창의 궤도 밖으로 벗어났다.

"보자보자 하니까 진짜!"

무황이 소매를 걷고, 출수를 하려고 하는데 구레나룻 사내가 입을 열었다.

낮지만 힘 있는 사내다운 목소리였다.

"제법이군. 새로 온 교관인가?"

당한 게 있는지라 자연 나오는 대답은 곱지 않았다.

"그런데요?"

"내가 장량이다."

무황이 눈을 가늘게 뜨며 장량이라고 밝힌 사내를 쳐다봤다.

"연 교관을 대신해서 왔나 보군. 그렇지 않아도 사람이 부족했는데 잘됐군."

'아하, 그런 거였나? 혹시 내 실력을 시험해 보려고 한 것인가?'

"안 왔으면 모를까 온 이상 뭐라고 해줄 말은 없다. 어차피 자네가 이곳에서 해야 할 일은 그리 많지가 않으니 적당히 잘 지내길 바란다."

뭐, 뭐지?

화기애애한 분위기 속에서 총교두와의 만남을 기대했던 것은 아니지만 처음 만나서 나눈 인사치고는 이상하기 짝이 없다.

신참이 왔다면 힘을 내라는 응원이나 필요한 조언 같은 것을 해줘야 정상 아닌가?

적당히 잘 지내라는 게 도대체 무슨 소리지?

"어이, 문추! 이리 좀 와 보게."

총교두가 때마침 지나가는 교관에게 손짓을 하며 불렀다.

"무슨 일입니까?"

"오늘 새로 온 교관이네. 자네가 데리고 가서 안내해 주게나."

"제가요?"

"그러면 내가 할까?"

문추라는 교관이 급히 고개를 숙였다.

"아닙니다. 당연히 제가 해야죠."

그가 무황을 향해 손짓을 했다.

"따라오게."

장량은 뒤도 돌아보지 않고 건물 안으로 들어가 버렸다.

딱히 별다른 말은 하지 않았지만, 표정이나 하는 행동을 보건대 무황을 별로 반기는 것 같은 눈치는 아니었다.

"왜 저러죠?"

무황이 물었다.

"총교두님은 다른 교관들을 탐탁지 않게 여기시지. 처음에는 적응하기 힘들어도 조금만 지내다 보면 괜찮아진다네. 그보다도 자네 이름이 뭔가?"

"천무황이라고 부르세요."

"이름 참 좋군. 나는 문추네."

"문추요?"

"그래, 어때 내 이름도 멋지지 않은가?"

"네. 뭐."

무황이 떨떠름한 표정으로 고개를 끄덕였다.

"그보다도 자네는 얼마 주고 들어왔는가?"

"네?"

문추가 팔꿈치로 무황의 옆구리를 찔렀다.

"다 아는 사이끼리 왜 그러는가? 그냥 궁금해서 묻는 걸세."

"그러니까 그게 무슨 소린데요?"

"교관직을 사기 위해 돈을 얼마나 들였냐는 말일세."

"에엑?"

그 말이 그 말이었나?

중요한 요직에 앉기 위해서는 적당한 아부와 돈이 필요하다는 말이 우스갯소리로 나돌고 있었는데 그 말이 농담이 아니라 정말이었단 말인가?

"나는 은자 천 냥이 들었지. 그것도 아는 사람을 부탁해서 겨우겨우 들어왔네. 자네는 얼마를 주고 들어왔는가? 천? 이천?"

교관직의 한 달 급여가 은자로 치자면 약 백오십 냥.

교관직을 사려면 약 칠개월의 급여에 해당하는 금액을 갖다 바쳐야 한다. 그렇게까지 할 만큼 무림학관이 교관직이 탐낼 만한 것인가?

문추의 친절한 설명이 계속 이어졌다.

"어쨌든 잘 들어왔네. 이만한 직장도 드물지. 할 일도 별로 없는데다가 먹여 주고, 재워 주기까지 하지. 어디 그뿐인가? 운이 좋으면 가끔 뒷돈도 받을 수 있으니 그야말로 꿈의 직장이지. 안 그런가?"

"뒷돈? 그런 것도 받나요?"

"가끔 촌구석에서 올라온 자제들이 들어오면 그의 보호자들이 잘 부탁한다는 명목조로 돈을 주기도 한다네.

적게는 수십 냥에서 많게는 백 냥 가까이도 주지. 나도 몇 번 받아 봤지.”

문추는 그것을 자랑스럽게 말했다.

그 모습을 보자니 한숨이 절로 나왔다.

“하아.”

아무리 무림학관이 썩었다고는 하지만 교관 자리를 돈으로 사고, 학부모로부터 받는 돈을 저렇게 자랑스러워하다니.

“다 왔네.”

그가 걸음을 멈춘 곳은 이층짜리 전각 앞에서였다.

그는 입구에서 별로 멀리 떨어지지 않은 방으로 안내하며 말했다.

“이제부터 자네가 지낼 곳이네. 이곳에서 나와 같은 방을 쓰면 되지. 식사는 건물 뒤편에 있는 건물로 가면 될 것이고.”

방은 그다지 나쁜 편은 아니었다. 원래 쓰던 방보다는 조금 작고, 볼품은 없었지만 깨끗하고 아늑한 방이었다.

“이제부터 뭘 하면 되나요?”

“연 교관을 대신해서 왔다고 했나? 그러면 신입생들이 있는 수련장으로 가면 되겠군. 그곳에서 신입생들을 가르치면 되네."

"알았어요."

"어딘지는 알고 있나?"

"오다가 봤어요."

"그러면 수고하도록 하게. 아, 그리고 이건 혹시나 해서 일러두는 말인데. 의욕적인 것은 좋은데 말이야. 너무 의욕이 앞서면 곤욕을 치를 수도 있네. 뭐든 적당히. 알았지?"

"응? 그게 무슨 말인가요?"

"자네의 실력껏 적당히 하란 말이네. 자네가 가르쳐야 할 신입생들 중에는 자네보다 뛰어난 이도 많을 거란 말이지. 괜히 그들 앞에서 무공 자랑을 한다고 껄떡대다가 큰 망신을 당할 수도 있다는 말이야. 그러니 알아서 처신하도록 하게나. 내 말 무슨 말인지 알겠지?"

아하, 그런 말이었나?

"그러면 수고하고. 저녁때나 보세나."

문추가 무황의 어깨를 두어 번 두들기고는 손을 흔들며 사라졌다.

너무 속물이라서 그렇지 성격은 그다지 나빠 보이지는 않았다.

저것도 어찌 보면 그가 세상을 살아가는 하나의 방법일지도 모른다.

그것을 나쁘다고 평가할 생각은 없었다.

사람들은 저마다 추구하는 것과 이상이 다르기 때문이다.

하지만 세상의 어두운 단면을 보는 것 같아 기분이 썩좋지는 않았다.

문득 길위천의 얼굴이 떠올랐다.

소박한 꿈을 꾸며 무림학관에 왔지만 시궁창 같은 현실에 좌절하며, 질질 짜던 녀석.

세상에 그놈 같은 녀석들만 있다면 지금보다는 더 밝은 세상이 될 수 있으려만.

"그 녀석은 잘하고 있으려나?"

무황의 발걸음은 천천히 뒷산으로 향하고 있었다.

❖   ❖   ❖

"으아! 다했다."

길위천이 거의 울 것 같은 표정으로 그늘을 찾아 바닥에 주저앉았다.

벌써 두 시진 동안이나 뙤약볕 아래서 이 짓을 반복했더니, 정신적으로도 육체적으로 많이 지쳐 있었다.

더군다나 이런 무더위 속에서 스스로 납득하기도 힘든 짓을 하고 있으니, 인내심마저도 바닥을 보인다.

"헉헉헉."

길위천은 온몸이 땀범벅이 되어 거친 숨을 토해 냈다.

화무린이 괴한에게 납치되었다는 소식을 들은 후, 그는 삼재검법의 삼초식을 계속 연마해야 하나 고민했었다.

대답은 지금 보이는 모습 그대로였다.

우습지만, 길위천은 하면 할수록 검을 휘두르는 것이 재밌었다.

처음에는 삼재검법의 단순한 삼초식이 지루하고, 재미가 없었다.

나중에는 무의식적으로 반복해서 연습량만을 채우려고 했는데, 언제부터인가 문득 몸이 가벼워지더니 생각만으로도 팔이 움직여지고, 검의 궤적이 그려지고 있는 것이었다.

그것을 의식하는 순간 다시금 몸에 힘이 들어가고, 궤적이 망가지고 말았지만, 그것은 길위천으로서는 처음 겪는 신기한 경험이었다.

뭐랄까?

마치 자신과 검이 하나라는 느낌?

그것은 무공에서 흔히 말하는 신검합일의 경지이다.

비록 길위천의 수준이 미천하여, 그것이 뭔지도 몰랐지만 잠깐 동안이라도 신검합일의 경지에서 검을 휘둘러 보았다는 것은 그의 무공이 예전보다 일취월장했다는 것을 의미하는 것이다.

"훌륭한데?"

길위천은 거의 대자로 바닥에 누워 있었다.

그러다가 느닷없는 인기척에 놀라며 자리에서 벌떡 일어났다. 소리가 난 쪽으로 고개를 돌렸다. 긴 그림자가 햇빛을 가리며 자신의 얼굴을 가리고 있었다. 길위천은 엉거주춤한 자세로 고개를 들어 그자의 정체를 확인했다.

그리고 잠시 후, 길위천의 입에서는 탄성음이 튀어나왔다.

"그대는 혹시?!"

"반갑네? 여기서 이렇게 다시 만나니까."

불쑥 나타난 인물은 길위천도 익히 잘 알고 있는 얼굴이었다.

길위천이 웃음을 터트리며 무황을 덥석 껴안았다.

"어찌 된 영문이요? 아무리 찾아도 보이지 않기에 어떻게 되었나 궁금했소."

"나를 찾았어?"

"물론이요."

"왜?"

"우린 동무니까."

길위천이 씨익 하며 웃는다.

그 웃음이 어찌나 순박하던지 무황은 뭐라 반박할 말이 생각나지 않았다.

"그보다도 정말로 어찌 된 거요? 신입생들을 죄다 찾아봤지만 보이지가 않던데."

길위천이 무황은 찾지 못한 것은 어찌 보면 당연한 일이었다.

그는 화무린이라는 신입생의 신분으로 무림학관에 들어왔기 때문이다. 그러니 길위천이 아무리 찾아도 당연히 무황이 보이지 않을 수밖에.

"신입생들 중에서 찾으려니까 당연히 없지."

"그건 또 무슨 소리요?"

"나는 신입생이 아니니까."

"응? 신입생이 아니라니 그건 또 무슨 소리요?"

"난 이곳에 교관으로 부임해 왔거든."

"에엑?!"

길위천이 믿기 힘들다는 표정을 지었다.

"신입생이 아니었소?"

"내가 어딜 봐서?"

"그런데 나한테는 왜 말해 주지 않았소? 나는 그대와 같이 친구가 되어 무림학관 생활을 하면 참 재미있을 거라는 생각을 했소만. 난 줄곧 그런 줄만 알고 있었는데."

'나도 이렇게 될 줄 알았나? 쩝.'

이거는 전적으로 무황의 잘못이 아니었다.

애초에 이런 일이 생기게 된 원인은 황 장로 측에서 준 입관패가 문제였으니까.

자신은 최대한 능동적으로 일을 해결해 나가기 위해 노력했을 뿐이고, 그렇게 해서 만들어진 인물이 화무린이었다.

무황은 모든 사실을 말해 줄 생각도, 필요도 느끼지 못했다.

"나이도 나랑 비슷한 것 같은데."

"어리다고 교관 못하나? 실력만 충분하면 되지."

그러고 보니 산적을 만났을 때 가볍게 그들을 제압하

던 무황의 모습이 떠올랐다. 아마 모르긴 몰라도 그 정도면 일류급 고수라 부르기에는 충분할 것 같았다.

무황의 무공을 본 적이 있는 터라 길위천은 무황의 말을 전적으로 믿을 수밖에 없었다. 그가 부러운 눈으로 무황을 쳐다봤다.

"대단하오. 형씨. 그 나이에 벌써부터 교관이라니."

"대단하기는 뭐 이 정도는 기본이지."

무황이 우쭐거렸다.

길위천은 그와 상반된 표정을 지으며 한숨부터 내뱉었다.

"나는 언제쯤이면 그 정도 수준에 이를 수가 있을지……."

말꼬리를 흐리는 길위천의 표정은 한없이 어둡기만 했다.

왠지 무황과 비교하자니 자신이 한없이 초라하게 느껴진 까닭이다.

화무린을 만나서 삶에 조금의 희망이 보이는가 싶더니 그녀가 하루아침 사이에 행방불명이 되어 버렸다.

처음 그 소식을 들었을 때 길위천은 화무린의 안위에 대한 걱정보다도 무공을 배울 수 없다는 상실감이 더욱 크게 와 닿았다. 그만큼 그가 무공에 거는 집착은 그 어느 때보다도 강렬하다고 볼 수 있었다.

하지만 화무린이 행방불명이 된 지금 그는 더 이상 그 어떤 희망도 기대도 걸 수가 없어졌다.

그가 여지껏 배운 것이라고는 마보자세와 삼재검법밖에 없거늘, 그것을 배우기 위해 한 달이 넘게 고생하던 것을 생각하면 왠지 억울한 마음마저도 들었다.

그 마음을 어찌 무황이 모르고 있을까?

무황이 화제를 전환할 생각으로 길위천에게 물었다.

"지금 휘두른 것은 삼재검법이었지?"

길위천이 다소 놀란 표정으로 물었다.

"어찌 알았소?"

"뭘 어찌 알아? 딱 보니까 삼재검법이구만."

"그, 그랬소?"

길위천이 멋쩍은 듯이 뒤통수를 긁적거렸다.

"마보자세는 완벽하게 다 익혔고?"

길위천은 자신이 가장 잘하는 것 중 하나가 마보자세였다. 대답이 마치 기다렸다는 듯이 튀어나왔다.

"내가 가장 잘하는 것 중 하나가 마보자세요."

"마보자세로 한 시진은 버틸 수 있어?"

"헤헷, 한 시진뿐만이 아니라 두 시진도 거뜬하오. 한

번 보겠소?"

길위천은 시키지도 않은 마보자세를 무황 앞에서 취했다.

보폭은 어깨 넓이만큼 벌리고, 허리는 꼿꼿이 세우고, 무릎은 구부릴 수 있는 만큼 잔뜩 구부린다. 주먹은 달걀 쥐듯이 부드럽게 감싸 쥐고, 팔꿈치를 접어 허리춤에 가져다 댄다.

상체의 흔들림도 없이 하체가 굳건하게 체중을 버티고 있었다. 거의 완벽에 가까운 자세였다.

"헤헤, 어떻소?"

길위천이 해맑게 웃으며 무황에게 물었다. 마치 칭찬이라도 받고 싶어 하는 어린아이 같은 표정이었다.

그걸 보자 무황은 괜히 심술이 부리고 싶어졌다.

별다른 이유는 없었다.

자신한테는 존재하지 않는 해맑은 성격을 가지고 있어서랄까?

"바보 아냐? 그건 기본중의 기본인데 그걸 한다고 좋아할 필요는 없어."

"그, 그런 거요?"

내심 칭찬이라도 듣기를 바랐던 길위천이 다소 풀 죽

은 표정으로 자세를 풀었다.

풀 죽은 모습을 보자 괜히 무황은 너무 했나 싶었다.

"그렇다고 풀 죽을 것은 없어. 모든 무공은 마보자세에서부터 나오는 거니까. 아까 보니까 삼재검법도 꽤 훌륭하던데? 요즘에는 그런 기초를 소홀하게 여기는 무인들이 많은데 그것은 잘못된 생각이지. 기초가 튼튼해야지 상승무공을 익힐 때도 도움이 되는 법이야. 너는 열심히 수련했나 봐?"

"헤헤."

그 말을 듣자 언제 풀죽었냐는 듯이 실실 웃는 길위천.

칭찬은 고래를 춤추게 한다고 했던가? 하지만 지금의 길위천에게는 칭찬보다는 쓰디쓴 채찍이 필요한 때였다.

그래야 절치부심. 또래 아이들에게 모욕당한 것을 잊지 않고, 무공을 익히기 위해 죽자고 노력할 테니까.

사실 길위천은 무공을 익히기에는 너무 늦은 감이 있었고, 근골도, 자질도 좋은 편이 아니었다. 그렇다고 이해력이 좋은 것도 아니고, 두뇌가 비상한 것도 아니었다. 무엇 하나 특출 나 보이는 것이 없었다.

정확히 이야기하자면 평범 그 이하였다.

그래서 그는 남들보다 몇 배는 더 노력해야 그나마 남

들만큼이라도 할 수 있었다.

"자, 이거 받아."

무황은 품속에서 서적을 꺼내 길위천에게 내밀었다.

"이게 뭐요?"

"무공비급이지."

"무공비급?"

무공서라는 말에 길위천에 눈이 번쩍 뜨였다.

비급 표지에는 마치 용이 꿈틀거리는 듯 한 모양의 글씨 써져 있었다.

"칠성검법?"

"어때? 이름 죽이지?"

"처음 듣는 무공이오만?"

"당연할 거야. 창안된 지 얼마 안 된 검법이거든."

이게 또 무슨 소리인가?

무황의 득의양양한 표정을 보면서 길위천은 떨떠름한 표정을 지었다.

"약관도 되지 않은 어느 천재 고수가 지붕 위에서 술과 닭다리를 뜯다가 밤하늘에 떠 있는 일곱 개의 별을 보고 창안해 낸 검법이지."

뭔가 회상에 잠겨 있는 듯한 무황의 표정을 보자 알 수 없는 불안감이 엄습했다.

"그, 그러시오?"

"응, 중후함이나 심오함은 없으나 간결하면서도 패도적인 초식으로 이루어져 있지. 아마 지금의 너한테는 부족함이 없을 거야."

"나를 주는 것이오?"

"응. 두 번째 만남을 축하하는 축하 선물이랄까?"

길위천은 감격에 겨운 표정을 지었다.

"그대가 나를 이토록 생각해 주는지 몰랐구려. 이런 귀한 것까지 나를 주고."

무황이 칠성검법을 길위천에게 준 것은 순전히 그에게 무공을 가르쳐 주겠다는 약속 때문이었다.

화무린의 모습으로 약속을 한 것이라 길위천은 전혀 모르고 있는 것이 문제였지만, 그걸 말해 줄 수도 없는 노릇.

모로 가도 북경으로만 가도 된다는 말이 있듯이.

무황은 길위천에게 무공만 가르쳐 주면 된다는 생각이었다.

그것을 모르는 길위천은 잘 알지도 못하는 생면부지인 자신에게 귀한 무공 서적을 주었다고 무척이나 고마워하고 있었다.

"그런데 말이요. 이름이 생소해서 그런데 혹시 이 무공을 창안해 낸 자를 아시오?"

"천무황이라는 희대의 천재 고수가 만든 것이지. 혹시 들어봤어?"

"천무황?"

당연히 처음 들어본 이름이었다.

길위천은 첫 만남 때 이름을 가르쳐 주었지만, 무황은 귀찮다고 자신의 이름도 가르쳐 주지 않았기 때문이다. 굳이 그런 것이 아니더라도 무림에서 활동하는 고수들 중 자신이 아는 한 그런 이름을 가진 자는 없었다.

어차피 길위천이 아는 고수들도 별로 없었지만.

길위천은 솔직히 말했다.

"처음 들어본 이름이오만 그게 누구요?"

무황이 가슴을 쭉 펴고, 손으로 자신의 가슴을 툭툭 치며 말했다.

"나야 나."

"엥? 형씨 이름이 천무황이었소?"

"뭘 그리 놀래?"

"그러면 혹시 칠성검법을 창안해 냈다는 사람이 바

로……."

"응. 나야."

"컥."

그 알 수 없는 불안감의 정체가 바로 이것이었나?

소림이나 무당 같은 대문파에서 가르치는 일급 무공을 기대한 것은 아니지만 무공서라고 내밀기에 내심 기대했던 것은 사실이었다.

무황이 아무리 대단한 기재라고는 하나 무공을 익히는 것과 새로운 무공을 창안해 내는 것은 엄연히 별개의 문제였다. 새로운 무공을 창안해 내기 위해서는 각고의 노력과 무수히 많은 경험. 그리고 실패를 거듭해야지만 완성된다고 알려져 있었다.

오죽하면 어지간한 중소문파들은 자신들만의 가문절기가 없어, 거액을 주고 무공을 창안해 달라고 대문파들에게 청탁을 다 하겠는가?

그렇게 해서 만들어지는 무공들도 대부분 이류의 수준을 벗어나지 못했다.

괜히 무공 서적들이 값비싼 것이 아니었다.

길위천이 실망한 표정을 짓자 무황의 눈썹이 치켜 올라갔다.

"뭐야, 그 표정은? 실망했다는 표정인데?"

속내를 들키자 길위천이 당황해서 고개를 내저었다.

"아, 아니요."

"익히기 싫으면 냅 둬. 이리 내놔! 이게 기껏 생각해서 줬더만!"

무황이 무공 서적을 빼앗으려고 하자 길위천이 무공 서적을 잽싸게 등 뒤로 감췄다.

"내가 언제 익히기 싫다고 그랬소? 너무 고마워서 그런 거지."

"그래?"

길위천은 내친김에 책을 펼쳐 첫 장부터 훑어보기 시작했다.

"내가 언제 이런 무공을 익혀 보겠소. 비폭유천(飛暴流天), 복청운천(復淸雲天), 칠절참혼(七絕斬魂). 그런데 어찌 초식 명들이 어디서 많이 들어본 듯 한 이름들이오?"

길위천이 쭉 훑어보다 말고 고개를 갸웃거렸다.

무황이 빙그레 웃으면서 대답했다.

"그럴 수밖에. 내가 만든 것은 다 짜깁기거든!"

"엥?"

"여기저기 좀 유명한 문파들 중 쓸 만한 초식들만 빼내서 내가 짜깁기를 했지. 모방은 창조의 어머니라는 말 잘 알지?"

"그, 그건 도둑질 아니요?"

무황이 고개를 좌우로 힘차게 흔들었다.

"원래 처음에는 다 그런 거야. 그래도 걱정 하지 마. 중간 중간에 변형된 것도 있고, 초식의 연결 부분은 내가 완전히 새로 만들어 낸 거니까. 그것 때문에 내가 며칠 밤을 샜는지 알아?"

그것은 사실이었다.

실제로 무황은 칠성검법을 창안해 내기 위해서 며칠 동안 밤을 새야만 했다. 자신이 알고 있는 것을 종이에 풀어서 적어 내는 것은 그리 간단한 작업이 아니었다. 더군다나 길위천은 마보자세와 삼재검법밖에 할 줄 모르는 무공 초보.

그 수준에 맞춰서 쓸 만한 무공을 만들어 내는 작업이 그리 간단할 리가 없었다.

아마도 길위천이 자신의 생각대로만 따라와 준다면 칠성검법을 극성까지 익힐 때쯤이면 그는 단숨에 이류에서 일류급 수준에 도달하는 고수가 되어 있을 것이다.

길위천이 떨떠름한 표정을 지으며 물었다.

"하, 하지만. 만일 다른 사람들이 알게 된다면."

"아마도 모를걸? 무공이라는 게 손짓, 발짓 하나만 틀리게 해도 마치 다른 무공처럼 보이는 법이거든. 네가 초식명만 외치지 않으면 아무도 모를 거니까 걱정하지 말고 익혀."

"하지만……."

"싫으면 내놓던가! 네가 지금 찬밥 더운 밥 가릴 처지야? 나 같으면 남의 무공 도둑질이라도 해서 익히겠구만."

"아, 아니요. 익히겠소. 익히면 될 거 아니요."

"내참, 완전히 엎드려 절 받기네."

길위천의 반응에 마음이 상한 무황이 토라진 말투로 말했다.

"어차피 신입생들의 훈련 교관은 내가 맡아서 하기로 했으니까 너는 이제 훈련장에 나올 필요 없이 눈뜨면 바로 이곳으로 오도록 해. 내가 봐줄 테니까."

"그래도 되겠소?"

"그리고 말투도 좀 고쳐. 그런 말투는 도대체 어디서 배워 온 거야?"

"왜 이상하오? 도성에서는 다 이런 말투를 쓴다고 하던데."

"쯧쯧, 누가 촌뜨기 아니랄까 봐. 그런 말투는 여자 꼬실 때나 쓰는 거야. 내가 여자냐?"

"그, 그건 아니오만."

"편하게 살자. 편하게 좀."

"아, 알았어."

"그리고 더듬거리는 것도 좀 고치고!"

"으, 응. 노력해 볼게."

"어휴."

무황이 한숨을 푹 내쉬었다.

"않으니 내가 죽지!"

제7장
새로운 교관 천무황!

어둠어 깔린 칙칙한 실내.

이백 명 이상을 동시에 수용할 수 있는 큰 대전 아래에는 삼뇌마야 당수기가 무릎을 꿇은 채 부복을 하고 있었다.

사도련의 총사로 있는 당수기가 무릎을 꿇을 상대는 세상에서 단 한 명.

사도련주 막도일밖에 없었다.

막도일은 삐딱한 자세로 의자에 몸을 기댄 채 당수기를 내려다보고 있었다. 어둠 속에서 그의 안광만이 유일하게 빛나고 있었고, 그는 무료함이 주는 지루함을 견딜 수 없다는 표정을 짓고 있었다.

막도일은 지금 자신의 심정을 대변해 주듯 느릿느릿 말을 내뱉었다.

"계집의 행방을 찾아냈다고?"

"예, 그렇습니다."

"백리가의 계집임이 확실하나?"

"여러 가지 정황을 보았을 때 거의 확실합니다."

"거의? 내가 기대했던 대답은 아니군. 만일 그 계집이 아닐 시에는 그대라도 그만한 각오를 해야 할 것이야."

꿀꺽.

당수기가 마른침을 삼키며 엎드린 자세를 더욱 낮추며 말했다.

"제 목을 걸겠습니다!"

그 말에 막도일이 껄껄되며 웃었다.

그의 웃음소리가 대전 안에 가득 울려 퍼졌다.

"겨우 그만한 일에 그대의 목을 걸어서야 쓰겠나? 우리가 함께해 온 세월이 얼마인데? 농담일세. 농담."

당수기는 남몰래 한숨을 내쉬었다.

막도일과 함께한 세월이 그만큼 길기에 그 말이 농담처럼 들리지 않았던 것이었다.

막도일의 충동적이면서도 괴팍한 성격으로 이만큼 사도련을 잘 이끌 수 있었던 것은 그의 막강한 무공과 당수기의 머리가 합쳐져서 이뤄 낸 성과라고 해도 과언이 아니었다.

하지만 그런 당수기라도 막도일의 비위에 거슬리는 행동을 한다면 그는 가차 없이 당수기를 내칠 것이다.

"그 계집은 어디에 있지?"

"무림학관에 있습니다."

"무림학관? 계집의 정체는 밝혀냈고?"

"사천당문의 당문화입니다."

"사천당문이라……."

막도일이 손으로 턱을 괴고는 말을 이었다.

"당문에 쥐새끼처럼 숨어 있었나 보군. 그러니 찾는데 더딜 수밖에… 자네가 꽤나 고생했겠군."

"아닙니다."

"그런데 그 계집이 어찌 된 영문으로 당문에 숨어 있었을까? 그것도 백리의 성을 버려가면서까지. 당문화 그 계집은 자신이 몸에 백리가의 피가 흐르고 있다는 사실을 알고 있나?"

"죄송합니다. 그것까진 아직 알아내지 못했습니다."

"흠. 그거야 차차 알아내면 되겠지. 헌데 들리는 소식에 의하면 이미 사람을 보냈다가 실패했다고?"

'벌써 그 소식이 귀에 들어갔나?'

당수기는 아예 머리를 바닥에 찍었다.

쿵.

"죄송합니다."

"뭐, 죄송할 것까지는 없지. 살다 보면 실수를 할 수도 있는 법이니까. 그런데 누굴 보냈는데 실패를 했지?"

"혈수마제입니다."

"혈수마제라……."

막도일이 잠시 생각하는가 싶더니 입을 열었다.

"그게 누구지?"

"이십 년 전에 활동했던 고수입니다. 혈옥수를 극성까지 익혔으며, 당문의 안주인을 욕보이려고 했다가 당천혁에 의해서 왼팔이 잘린 후 무림에서 은퇴했습니다."

"아, 기억나는군. 그때 당시 혈옥수가 나타났다고 해서 한동안 떠들썩했었지. 그자 정도면 절정고수급은 될 텐데 실패했다고? 외팔이라고는 하나 당문화 정도도 어찌 못할 정도는 아니었을 텐데?"

"당문화의 옆에 고수가 있다고 합니다."

"고수? 혹시 당문가에서 보낸 고수인가?"

"그건 아닌 것 같습니다."

"흠, 그래?"

"추풍소가 이상한 말을 했는데, 그 고수가 처음에는 여자였다가 도중에 남자로 바뀌었다고 합니다."

"여자였다가 남자로 바뀌어?"

막도일은 그 말을 듣는 순간 당수기가 말을 잘못 한 줄만 알았다.

하지만 그것도 잠시 그 말을 듣는 순간 문득 머릿속에 스치는 것이 있었다. 아주 오래전 자신이 젊었을 때 무림행을 하다가 겪은 일이 떠오른 것이다. 잊어버리고 있는 줄만 알았는데 그 말을 듣는 순간 그때의 일이 떠올랐다.

"혹시 그 고수의 나이가 어느 정도인지 아는가?"

"약관도 안 된 청년이라고 합니다."

"흠, 그래?"

막도일은 고개를 갸웃거렸다.

"이상하군. 내가 알기로는 그자의 나이는 나와 비슷했을 텐데."

"뭔가 짚이시는 거라도 있으십니까?"

"아니야. 내가 과민해진 모양이군. 안 좋은 기억이 떠올랐어."

막도일은 떠오른 기억이 무척이나 불쾌했는지 미간을
잔뜩 찡그리고 있었다.

이럴 때 말을 걸면 안 된다는 것을 잘 알고 있는 터라
당수기는 조용히 입만 다물고 있었다.

한참 동안이나 시간이 지난 후에 막도일이 미간을 문
지르며 입을 열었다.

"계집에 관한 것은 자네에게 일임했으니 알아서 잘 처
리하도록. 그리고 그 옆에 있었다던 고수에 대한 정보도
함께. 아참, 추풍소는 어떻게 되었나? 듣자니 봉황루에
묶고 있다고 들었는데 말이야."

"이미 손을 써 두었습니다."

그 말의 의미가 무엇을 뜻하는지는 막도일이 더 잘 알
고 있었다.

"잘했군. 그러면 계속 수고하도록! 필요한 것이 있으
면 부련주를 통해서 지원받도록 하고. 내 그렇게 일러둘
터이니."

다른 대답은 필요하지 않았다.

사도련에는 오로지 복종만이 존재할 뿐.

당수기가 머리를 숙였다.

"존명!"

❖　　❖　　❖

　삼백이호실에서 간밤에 벌어졌던 전투의 흔적을 조사하던 조사단들은 하루 종일 단서를 찾기 위해 열을 올렸지만 이렇다 할 수확을 얻어 내지 못했다.

　무황이 이미 문제가 될 만한 흔적들은 모두 지워 버린 까닭이다.

　추풍소를 상대할 때 사용했던 당문화의 검 또한 무황이 산속에다가 버려 버렸다. 그것은 당문화가 어렸을 때 생일선물로 받은 것이었지만, 상황이 상황인지라 당문화 또한 그 검을 잃어버렸다고 투정을 부리지 못했다.

　덕분에 그들이 발견해 낸 것은 독이 발라져 있는 침과 어지럽혀진 물건들이 전부였다.

　방 안에 떠도는 미약한 수면향의 냄새 또한 중요한 단서 중 하나였지만, 향은 채취할 수가 없으니 금세 그 냄새는 허공으로 증발하고 말았다.

　결국 증거라고 부를 수 있는 것은 독이 묻어져 있는 침밖에 남지 않았다.

하지만 그것 가지고는 흉수를 찾을 수도 없는 노릇.

사건은 오리무중으로 빠져들고 말았다.

무림학관에서 조금 떨어진 어느 객잔.

그곳에는 추일봉과 청월당주 전해일이 마주 보며 앉아 있었다.

지금의 심정을 대변해 주듯 둘의 표정은 무참히 구겨져 있었다. 특히나 청월당주의 얼굴은 거의 울 것 같은 표정이었다.

탁자 위에는 술과 안주가 놓여져 있었고, 전해일은 술잔만 연거푸 들이키고 있었다.

"크윽!"

탁.

간간이 쓴 신음성과 잔을 내려놓는 소리만이 울려 퍼졌다.

그가 이러는 이유는 간단했다.

하루아침에 실업자가 되었기 때문이다.

치안과 경비를 담당해야 할 청월당주가 사건이 일어난 날 외부에서 술을 마시고 있던 것을 문제 삼아 관주가 청월당주를 파직한 것이다.

청월당주였던 전해일은 안주도 먹지 않은 채 술잔만 연거푸 들이키고 있었다.

"크윽. 재수가 없어도 더럽게 없지. 하필 그날 그런 일이 벌어지다니!"

전해일이 억울함을 토해 내기 시작했다.

말이 좋아 청월당주이지 사실 그가 하는 일은 거의 없었다.

기라성 같은 대 문파들의 자제들이 운집되어 있는 무림학관에 담을 넘는 간 큰 녀석은 존재하지 않았기 때문이다.

아무리 어린 자제들이라고는 하나 모두가 무공을 배운 무림인들이고, 개개인이 어지간한 경비무사 몇 명씩은 상대할 수가 있으니 어느 간 큰 놈이 무림학관의 담벼락을 넘겠는가?

오히려 문제는 내부에서 벌어졌다.

무림학관도 사람이 사는 곳이고, 사람이 모여 있다 보니 가끔씩 작고 큰 분쟁들이 끊이질 않았다.

청월당주는 주로 그러한 문제들을 중재해 주는 일을 도맡아서 해 왔다.

하지만 대부분의 다툼은 그들 스스로 해결하고, 종결

지으니 무림학관 내에서 가장 할 일없는 직책이 청월당주라는 말까지 나돌고 있었다.

가장 할 일도 없고, 노년까지 편안함이 보장되어 있는 청월당주라는 직책을 하루아침에 잃어버렸으니 전해일이 억울해하는 것도 어느 정도는 이해가 가는 일이었다.

더군다나 그가 청월당주직을 사기 위해 쏟아부은 돈이 자그마치 은자 칠천 냥! 그가 이 년여 동안 번 돈을 합친다고 해도 그 돈보다도 훨씬 못 미치니 그의 입장에서는 그야말로 미치고 팔짝뛸 노릇이었다.

추일봉이 손을 들어 전해일의 어깨를 두어 번 두들겼다.

"어쩌겠는가? 일이 이렇게 된 것을?"

"부관주님! 저 좀 도와주십시요!"

이제는 그가 믿을 것이라고는 부관주밖에 없었다.

하지만 추일봉은 매몰찼다.

"이미 내 손을 떠난 문제일세. 그러기에 잘 좀 하지 그랬나?"

추일봉의 표정이나 말투를 보아 도저히 도와줄 것 같지가 않았다.

전해일이 낙담 어린 표정을 지었다.

"쯧쯧. 자네뿐만이 아니라 나도 이번 일로 피해가 크다네. 자네도 그 사실을 잘 알고 있지 않은가?"

그의 말처럼 추일봉 또한 그 책임에서 완전히 자유로울 수는 없었다.

전해일을 청월당주직에 추천한 것이 바로 자신이었기 때문이다.

여지껏 무림학관 내에서 막강한 인사권을 가지고 있었던 추일봉은 이번 일 덕분에 어느 정도의 인사권을 관주에게 내어 주는 수밖에 없었다.

그 첫 번째로 관주가 어디서 새파랗게 어린놈을 교관이랍시고 데려오지 않았는가?

추일봉은 관주도 교관도 둘 다 못마땅했지만 보고 있는 수밖에 없었다.

"어디 적당한 도장 같은데서 아이들이나 가르치고 있게. 이 일이 잠잠해지고 나면 내 기회를 봐서 다시 부를 테니."

물론 공짜는 아닐 것이다.

추일봉이라면 분명 그러고도 남을 위인이었으니까.

하지만 전해일에게는 다시 청탁을 할 만한 돈이 하나도 없었다. 그나마 모아 둔 돈도 춘향각에 몽땅 쏟아부었으니까.

점점 멀어지는 추일봉의 뒷모습을 보면서 전해일은 울상을 지었다.

❖   ❖   ❖

무황은 생각 없이 그저 발길 닿는 대로 무림학관 안을 휘휘 젓고 다니고 있었다.

오전 시간이라서 그런지 바쁘게 오고 가는 사람들이 많아 보였다.

정해진 일과에 따라서 움직이는 학생들과 훈련에 임하고 있는 수련생들, 학관의 무사들, 상인들, 잡꾼들까지.

대부분의 이들이 활기차 보였고, 자신들이 맡고 있는 일을 하기 위해 구슬땀을 흘리고 있었다.

학관 내에서 그것도 한밤중에 여자 신입생이 괴한에 의해 사라졌건만, 자신들과는 아무 상관도 없는 양 바쁘게 오고가는 것을 보자니 괜히 서글퍼지는 것은 사실이었다.

하지만 사실 그들 입장에서 보자면 그것은 그다지 놀랄 만한 일도, 큰일도 아니었다.

하루아침에 신진고수가 나타나 위명을 떨치는가 하면, 명성이 쟁쟁한 고수라도 하루아침에 밤이슬처럼 사라지는 것이 바로 무림이라는 곳이다.

자고 일어나면 거리에 칼을 맞고 죽어 있는 사람이 있고, 시체를 아무 거리낌 없이 수레에 실어 땅을 파고 묻어 주는 것이 다반사처럼 이루어지는 곳.

바로 그곳이 이들이 몸담고 있는 세계였다.

그런 점을 보자면, 인생살이가 참으로 허무하다라는 생각이 들기만도 하건만, 수많은 무림인들이 자신의 이름 석 자를 알려 보겠다고 무림출도 하는 것을 보면, 무림이라는 이름이 가진 그 무언가가 많은 이들의 가슴을 설레게 하는 마력이 있지 않나 조심스레 추측해 볼 따름이다.

그 때 무황의 눈길을 잡아끄는 곳이 있었다.

그곳은 학관 내에서도 특혜를 받는 명문문파 자제들이 사용하는 전용수련장이었다.

흔히 말하는 무림의 후기지수들.

이들은 무림학관에 상주해 있는 교관들보다도 이해의 깊이나 무공의 수준이 더욱 높았다.

그래서 학관 측에서는 이들의 수련에 지장을 주지 않기 위하여, 별도의 공간을 마련해서 내어 준 것이다.

폐관수련을 하여, 혼자 수련에 박차를 가하는 것도 좋지만, 이렇듯 개방된 장소에서 비슷한 또래와 비슷한 실력을 가진 이들이 모여서 수련을 하면 의외로 좋은 성과를 낳기도 한다.

이들은 이들 나름대로 자기들끼리 대련을 하기도 하고, 공부한 것을 나눔으로써 자신들의 무공을 진일보시켜 나가고 있었다.

"차앗!"

"하압!!!!"

그곳에서 몇몇 이들이 저마다 손에 익은 무기를 쥐고 초식을 펼쳐 내고 있었다.

무황은 적당한 나무 그늘 아래에서 그들이 하는 것을 구경했다.

쉐에에엑!

파앗!

그들이 검에서 일으키는 파공성이 요란하게 허공을 수놓았다.

검무를 추듯 너울너울 보법을 밟으며 검을 휘두르는가 싶더니 이내, 검을 반듯이 세우며 강한 힘으로 찔러 넣기도 한다.

때때로 기합성도 넣고 가상의 적을 만들며 그의 동작에 맞춰 방어를 하기도 하고, 공격을 하기도 했다.

확실히 명문문파의 자제들답게 하나하나 수준들이 꽤나 높은 편이었다.

저마다 익히고 있는 무공의 장단점을 파악하고 있었고, 또 그러한 것들을 어떤 상황에 사용해야 더 효과적인지를 잘 알고 있었다.

하지만 그뿐이었다.

이해는 하고 있으나 그 본질을 알지 못했고, 적재적소에 맞게 초식을 변화하고 있으나 그 깊이가 얕았다.

그것은 아마도 본인 스스로가 한계의 벽에 부딪혀 보지 못했고, 가문에서 전해져 내려오는 심득을 전수받았기에 그렇게 되었을 것이다.

무공이란 신체와 정신적인 요소들이 혼연일치가 되고, 그것을 바탕으로 발전을 이룰 때 한층 더 견고해 주고 두터워지는 학문이다.

처음에야 심득을 전수받아 무공을 익히는 것이 무척 빠르다고 느껴지겠지만, 결국 나중에 가서는 금방 스스로의 한계에 부딪히고 좌절하게 된다.

최근에는 그러한 성향들이 많아져서 오히려 무림의 무

공은 몇 백 년 전보다도 발전하기는커녕 퇴보하고 있는
실정이었다.

"쯧쯧, 저게 미련한 짓이라는 것을 왜 모를꼬?"

무황이 나지막이 혀를 찼다.

아마도 무림에 적지 않은 노고수들은 그러한 사실을
알고 있을지도 몰랐다. 하지만 이상과 현실은 엄연히 다
른 법.

이상의 경계선에다가 현실을 끼워 맞추는 것은 생각
속에서나 가능한 이야기이다.

문파를 이끌고, 조직을 꾸려 나가다 보면 지켜야 할 명
예나 권력, 혹은 주위에서 보는 기대치나 시선에 부흥하
기 위해서 하기 싫어도 해야 할 때가 있는 법이다.

그러자면 끊임없이 현실과 타협해야 하고, 또 자신이
꿈꾸던 이상과 신념을 꺾어야 하는 순간도 찾아온다.

아이들은 성장해 나가면서 누가 가르치지 않아도 그러
한 것들을 자연스럽게 보고, 배우게 된다.

그리고 그것이 가문을 위한 길이고, 자신을 위한 일인
줄 착각하게 되는 것이다.

아마도 무림의 무공이 계속 퇴보하고 있는 것은 어른
들의 욕심이 지나쳐서인지도 몰랐다.

"어이, 거기!"

수련을 하고 있던 한 사내가 무황을 향해 손짓을 했다.

무황이 주위를 두리번거렸다.

그리고는 주위에 자신밖에 없음을 알고 검지 손가락으로 자신을 가리키며 물었다.

"나 말이야?"

"그래, 자네 말이야. 거기에 자네 말고 다른 이가 있던가?"

"왜?"

"앉아만 있지 말고 물 좀 떠다 주시게."

"물?"

"거기 옆에 보면 주전자가 있을 걸세. 거기에 담아 오면 되네."

그는 자신의 할 일을 마쳤다는 표정을 짓고는 다시금 검을 휘둘렀다.

"……."

그의 말대로 몇 발자국 떨어진 곳에는 주전자가 놓여 있었다.

무황이 어이없다는 표정을 지었다.

기껏 사람을 불러 놓고 한다는 말이 물을 떠오라고 하

다니.

안면이 있으면 또 말도 안 해.

생면부지인 자신에게 심부름을 시켜?

무황이 들으라는 소리로 말했다.

"물이 먹고 싶으면 먹을 놈이 떠먹어야지 왜 날 시켜?"

뚝.

그 말을 들었는지 사내가 하던 동작을 멈추고는 무황이 있는 곳으로 다가왔다.

뭔가 마음에 들지 않았는지 인상을 잔뜩 찌푸리고 있었다.

"지금 뭐라 그랬소?"

"목마르면 직접 물을 떠다 마시라고 그랬다."

사내가 고개를 삐딱하게 꺾으며, 입술 끝을 말아 올렸다.

"나 참, 어이가 없군."

"어이가 없는 건 나거든?"

"옷차림을 보니 교관 같은데 처음 본 얼굴이니 연 교관 대신 새로 부임해 온 교관이지 않소. 내 말이 틀렸소?"

허, 이놈 말하는 건 싸가지가 없지만 관찰력 하나는 끝내 준다.

인정하면 왠지 지는 거 같아서 싫었지만 거짓말을 할 수는 없는 노릇이었다.

무황이 오히려 턱을 높이 치켜들며 되물었다.

"그런데 뭐?!"

"이곳에 온 것은 무공이라도 훔쳐봐서 견식을 높이려는 속셈 아니요? 돈 주고도 못 볼 비싼 구경을 했으니 응당 대가는 치러야 하지 않겠소? 다른 교관들이 그리하라고 언질을 주었을 텐데 시치미를 딱 떼는군."

"지금 무슨 소리를 하는 거야?!"

일단 윽박은 지르고 봤지만, 곰곰이 생각해 보니 그럴 수도 있다는 생각이 들었다.

무황은 전혀 모르고 있는 사실이었지만, 실제로 이곳의 많은 교관들이 이 수련장에 찾아오고는 했다.

그 이유는 앞서 말한 대로 무공을 견식하기 위해서였다.

이곳의 교관들은 대문파의 무공을 제대로 전수 받아 익히고 있는 자가 있는 반면, 조그마한 문파의 출신으로 상승무공을 익히지 못한 이도 많았다.

그런 이들은 대개 간신히 일류급 고수 반열에 턱걸이는 하고 있으나, 무공이 가진 한계 때문에 벽에 부딪혀 그 이상의 발전을 하지 못하고 있는 자가 부지기수였다.

하지만 후기지수들은 하나같이 가문에서 내려오는 상승무공들을 익힌 기재들.

드물기는 하지만 그러한 상승무공들을 견식하는 것만으로도 자신의 무공을 발전시켜 나가는 교관들도 있었다.

그래서 많은 교관들이 후기지수들의 무공을 훔쳐보기 위해 이곳을 찾곤 했다.

그럴 때마다 교관들은 먹을 것이나, 선물, 간식 등을 가져오기도 하고, 그들의 호감을 사기 위해서 잡다한 심부름도 마다하지 않는 것이다.

후기지수들도 그러한 사정을 알고 있었고, 자신의 무공에 대한 자부심이 남다른 터라 우쭐되는 마음에 못 본 척 눈감아 주고 있었다.

"사람이라면 응당 염치라는 게 있어야 하거늘. 뻔뻔하기 그지없는 자로군."

속사정이 있다면야 그렇다고 치겠지만, 무황은 그러한 것도 모르고 있는 상태였고, 그럴 목적도 아니었기에 오히려 뻔뻔하게 나갔다.

"흥, 내가 할 소리를 골라서 하는군. 잘 알지도 못하면서 사람을 그렇게 몰아세우다니 너야말로 가정교육을 제대로 안 배운 거 아니야?"

그 말이 떨어지기가 무섭게 상대가 검이라도 휘두를 기세로 무황을 노려봤다. 심한 모욕을 받았다고 생각했는지 얼굴근육까지 부들부들 떨고 있었다.

"감히!!!!"

뭔가 조짐이 좋지 않았다.

무황은 자신이 너무 생각 없이 말했나 싶어 살짝 후회가 들었지만, 이왕 엎질러진 물이라고 주워 담을 방법은 떠오르지 않았다.

"나 위청소에게 그딴 소리를 지껄이다니!!!"

'이크, 너무 세게 나갔나?'

작은 소란에 근처에 있던 몇몇 이들이 하던 행동들을 멈추고 위청소와 무황 주위로 몰려들었다.

"뭐야?!"

"무슨 일이야?"

대부분이 위청소에 친분이 있어 보이는 이들이었다.

더군다나 모여든 이들의 기세가 제법 흉흉하기 이를 데 없었다.

무황은 그 기운을 보는 것만으로도 그들이 사파 쪽이라는 것을 눈치챘다.

'쩝, 사파 쪽 애들이었나?'

"이자가 감히 나와 내 가문을 욕보였다!"

위청소의 말에 모여든 아이들 얼굴에 갖가지 표정들이 떠올랐다 사라졌다.

조소를 하는 이도 있었고, 화를 내는 이도 있었고, 측은한 표정으로 쳐다보는 이도 있었다.

그들의 표정에서 알 수 없는 위화감이 느껴졌다.

그들 중 한 명이 중얼거리듯 내뱉는 소리가 선명히 귀를 후벼 파며 들려왔다.

"저자가 미쳐도 단단히 미쳤군. 그러지 않고서야 위청소 앞에서 패왕문을 욕해?"

'패왕문?'

설마, 사도팔문 중 하나라는 패왕문 말인가?

패왕문은 사도련을 떠받히고 있는 사도팔문 중 하나로 최근 급부상하고 있는 가문 중 하나이다. 하북 지역을 주기반으로 삼고 있으며, 근방의 사파들을 무서운 속도로 흡수하고 있었다. 최근에는 상계에까지 진출하여, 하북 지역의 상권을 거의 독점하다시피 하고 있었다.

"클클, 저 교관 바짝 쫀 것 좀 봐라."

"오줌이나 안 쌌나 모르겠네."

여기저기서 킬킬거리는 소리가 들려왔다.

확실히 패왕문은 대단한 가문이기는 했다.

솔직한 말로 무황은 괜히 시비를 걸었나 싶어 후회가
되기도 했다.

패왕문이 무섭지는 않았지만 저 위청소라는 놈과의 관
계가 껄끄러워지면 무림학관 내 생활이 굉장히 불편해질
거라는 느낌이 강하게 든 것이다.

패왕문 정도의 가문라면 어떤 식으로든지 무림학관 내
에 영향력을 행사할 수 있는 위치였다.

말단 교관 한 명 정도 내쫓는 건 그에게 일도 아닐 것
이다.

만일 무황이 교관직에서 쫓겨나게 된다면 애써 본 모
습으로 돌아온 것이 헛수고로 돌아가게 될지도 모른다.

'쩝, 지금이라도 도망갈까? 젠장, 나는 이놈의 입이
문제야.'

지금 와서 입을 탓한들 무슨 소용이 있으랴.

이렇게 된 이상 가장 좋은 방법은 단 한 가지밖에 없었
다.

삼십육계 줄행랑!

사람이란 나아갈 때와 물러날 때를 확실히 알아야 한다. 더 나은 내일을 위해서 후퇴하는 것은 창피함이 아니라 현명한 선택이다.

생각은 짧게 행동은 민첩하게!

"어, 저기?!"

무황이 돌연 손가락으로 하늘을 가리켰다.

그쪽으로 슬쩍 시선이 돌아가는 이들을 확인하고, 무황이 슬쩍 자리를 내빼려는데 그보다 더욱 민첩한 이들이 있었다. 아니, 애초에 고개를 돌리지 않은 이도 있었다.

"어딜!"

몇몇 이들이 퇴로를 차단하며 피식 웃었다.

"이 교관 하는 짓 좀 봐라. 귀엽다. 귀여워!"

"낄낄낄!"

모여든 이는 총 다섯. 그들이 재빠르게 사방으로 흩어지며 무황을 에워쌌다.

아마도 도망가지 못하게 미리 길목을 차단할 생각인 것 같았다.

'아 미치겠네. 그렇다고 싸울 수도 없고.'

물론, 이들이 무섭거나 겁나는 것은 아니었다.

싸우고자 하면 못할 것도 없으나 그 후에 일이 귀찮아질 게 뻔했다.

무황이 양팔을 저어 가며 의사를 전달했다.

"어이, 우리 말로 하자고 말로."

하지만, 이들은 무황을 곱게 보내 줄 생각이 없는 듯했다. 특히 위청소는 자신이 모욕당했다고 생각했는지 무황을 노려보는 폼이 예사롭지가 않았다.

그 때였다.

"거기 무슨 일인가?"

어디선가 굵직한 목소리가 들려왔다.

그 목소리의 주인공은 덥수룩한 구레나룻와 수염을 가지고 있는 총교두 장량이었다. 그를 본 것은 불과 오전에 잠깐뿐이었지만, 무황은 그의 모습을 확인하는 순간 장량이 그렇게 반갑게 느껴질 수가 없었다.

"여기예요! 여기!"

무황이 두 손을 마구 흔들어 댔다.

장량이 다가오려고 하자 위청소가 그의 앞을 가로 막아섰다.

"아무 일도 아닙니다. 그냥 가던 길이나 마저 가시지요."

위청소는 이 낯선 불청객이 반갑지 않은 모양이었다.

정확히 이야기하자면 그는 장량이 불편했다.

대부분의 교관들은 자신들에게 호의를 베풀거나 편의를 봐주면서 호감을 사기 위해 안달이 나 있었다.

하지만 장량은 그런 것들과 자신은 아무런 상관도 없는 양 묵묵히 자기 할 일만 했다.

그는 위청소는 물론 다른 후기지수들에게 호감을 사려고도, 또 호의를 베풀지도 않았다. 가르치는 학생을 대함에 있어 항상 평등하게 대했고, 공정하게 일을 해결하려고 했다. 그 대상에는 누구도 예외는 존재하지 않았다.

너무 맑은 물에는 고기가 머물지 않는 법.

그런 탓에 장량은 늘 외톨이였다.

청렴하면서도 우직한 그런 성격 탓에 어떤 이들을 장량을 높게 평가하기도 하지만, 그것은 극히 소수에 불과하고, 대부분은 그런 장량을 좋지 않은 시선으로 평가하고 있었다.

그럼에도 불구하고 그가 총교두직을 할 수 있었던 것은 그런 그의 의기를 높이 사주는 관주와 일신의 뛰어난 무공이라고 볼 수 있었다.

그는 불명확한 출신임에도 불구하고 가지고 있는 무공

이 뛰어나 무림학관 내에서도 다섯 손가락 안에 꼽히는 절정고수였다.

"거참 이상하군."

장량은 위청소의 어깨너머에 있는 무황을 쳐다보며 말했다.

"저기 있는 교관은 신참이 아니던가? 내가 심부름을 보냈는데 이런 곳에서 놀고 있었군. 혹시 자네들이 붙잡아 두고 있었나?"

위청소가 인상을 찌푸렸다.

장량의 말은 어린 교관 하나를 붙잡아 두고 여러 명에서 핍박하고 있는 것이 아니냐는 추궁이었다.

자신이 생각하기에도 지금의 상황은 영락없이 그런 모습처럼 보일 것이다.

위청소가 딱히 별다른 말을 하지 않자 장량이 위청소의 어깨를 두어 번 두들겼다.

"고맙군. 저자는 내가 데리고 가겠네. 이봐, 자네! 내가 심부름시킨 지가 언젠데 아직도 이곳에서 미적거리고 있는 건가? 냉큼 오지 못하겠나?"

장량이 쩌렁쩌렁 소리를 내질렀다.

목청이 어지나 큰지 십 리 밖에까지 다 들릴 정도였다.

"심부름?"

장량의 말에 의아해하는 표정을 짓는 것도 잠시, 무황은 이때다 싶어서 그들 사이를 비집고 빠져나와 장량의 옆으로 가서 섰다.

"예! 지금 가려던 참이었습니다!"

"어서, 빨리 움직이게! 아니, 그냥 나랑 같이 가세나."

"예? 예!"

"뭘 하나? 따라오지 않고!"

"네, 넷!"

그들이 멀어지는 것을 보며 위청소가 입술을 잘근잘근 씹었다.

"뭐야? 왜 그냥 보내 줬어?"

그들 패거리들 중 한 명이 물었다. 그들은 마치 재미있는 장난감을 빼앗겼다는 표정을 짓고 있었다.

위청소가 말했다.

"장량 저자는 건드리면 안 돼."

"응? 그건 또 무슨 소리야? 그래 봤자 교관일 뿐이지. 너 혹시 약점 같은 거라도 잡혔어?"

"일개 교관? 약점?"

위청소가 낮게 웃음을 터트렸다.

그 웃음이 누구를 향한 조소 같기도 하고, 비웃음 같기
도 했다.

"그는 일개 교관이 아니야."

"그건 또 무슨 소리야?"

"예전에 내가 그에게 작은 신세를 진 적이 있었지. 그
는 이런 곳에서 교관직이나 하고 있을 사람이 아니야."

"아, 알 수 없는 소리만 골라서 하네."

"그런 게 있어."

그 말을 끝으로 위청소는 입을 다물었다.

"휴, 큰일 날 뻔했네. 고마워요. 총교두!"

"첫날부터 사고를 치는군. 거기에는 뭣 하러 갔나?"

"그냥 지나가는 길에 보이길래 구경이나 할까 했죠.
누가 그렇게 시비를 걸 줄 알았나?"

"위청소는 자부심이 대단한 녀석이지. 그런 말을 했다
면 누구라도 화를 냈을 것이야."

"어? 알고 있었어요?"

"관주님이 부탁했지. 사고를 칠지 모르니까 당분간은
잘 봐주라고."

"관주님이요?"

"그래, 어지간하면 그런 부탁을 안 하시는 분인데, 참으로 별난 일이군."

"총교두는 저를 싫어하는 게 아니었어요?"

그가 고개를 내저었다.

"내가 싫어하는 자는 힘과 돈으로 모든 것을 해결하려는 자들이지. 하지만 자네는 별로 그런 것과는 거리가 멀어 보이는군."

무황은 오랜만에 듣는 칭찬에 기분이 좋아졌다.

칭찬은 역시 언제 들어도 기분이 좋아지는 법이다.

"제가 청렴결백하게 생겼다는 소리는 종종 들어요."

무황은 몸을 배배 꼬면서 쑥스럽다는 표정을 지었다.

그 모습을 보고 장량이 어이없다는 표정을 지었다.

"그들이 자네한테 왜 시비를 걸었는지 알겠군."

장량이 고개를 절레절레 흔들었다.

제8장

좋은 교관이란!

쐐에에에엑!

파앗!

요란한 파공 소리가 여기저기에서 울려 퍼졌다.

제 이수련장 안에는 신입생들의 수련이 한창이었다.

무엇인가에 몰두하고 있는 모습은 보는 이로 하여금 기이한 열망에 빠져들게 만드는 힘이 서려 있다.

참으로 기분 좋은 모습이다.

그래서인지 가르치는 사람이나 가르침을 받는 이들 모두가 구슬땀을 흘리며 수련에 열을 올리고 있었다.

"여어, 왔는가?"

무황이 수련장 안으로 들어오자 문추가 아는 척을 해 왔다.

그는 어느 어린 수련생의 자세를 교정해 주고 있었다.

그 자세가 사뭇 진지해 보였다.

그저 호의호식만을 바라는 별 볼일 없는 놈인 줄만 알 았는데, 저런 진지한 모습을 보자 의외라는 생각이 들었 다.

"이곳에는 그야말로 별 볼일 없는 이들만 잔뜩이지. 좀 잘나간다 싶은 가문의 자제들은 여길 오지 않아. 여기 있는 이들과 섞이는 것을 창피하게 생각하거든."

문추의 말대로 이곳은 그야말로 무공의 걸음마만 간신 히 뗀 이들이 오는 곳이었다. 그래서인지 수련하는 동작 들이 하나같이 엉성하고, 어설프기 짝이 없었다. 저런 것 은 제대로 된 무공이라고 보기도 힘들었다.

하지만 이들의 얼굴에는 열의나 열망 같은 것이 가득 해 보였다.

무황은 그 모습을 보자 길위천의 얼굴이 떠올랐다.

길위천을 처음 보았을 때도 바로 저들과 같은 얼굴이 었다.

아마 이곳에 있는 이들은 무림학관에 한 가지 바람을

가지고 들어왔을 것이다.

저마다 조금씩의 차이는 있겠지만 결론은 열심히 무공을 익혀 이름을 크게 떨치는 무사가 되는 것!

그것이 바로 그들이 꿈꾸는 소망일 것이다.

"이곳에만 오면 왠지 옛날 생각이 나서 말이야. 나도 꽤 어렵게 무공을 배웠거든. 거기! 손을 좀 더 치켜들라고!"

눈시울이 붉어지는 그런 감동은 없었지만, 그런 이야기를 들으니 좀 안돼 보이는 것은 사실이었다.

"보시다시피 이곳은 교관이 부족하네. 그러니 자네도 열심히 해야 할 것이야."

그러고 보니 드넓은 수련장에 수련생들은 오십 명가량 되는데 가르치는 교관이 문추 한 명밖에 없었다.

무림학관에는 총 열두 곳의 수련장이 존재하는데 수련장마다 배치되는 교관이 두 명밖에 안 되는 까닭이다.

하지만 정작 교관들의 도움을 필요로 하는 수련장은 몇 안 되고, 다른 수련장의 교관들은 할 일이 없어 명문 자제들의 심부름이나 하고 있으니, 이는 잘못되도 한참 잘못된 처사라고 볼 수 있었다.

하지만 어쩌겠는가.

무림학관은 그런 자제들이 속해 있는 가문들의 지원으로 운영되고 있는 것을.

"저어, 교관님 맞으시죠?"

그 때 귀엽게 생긴 여자 신입생이 머뭇거리며 말을 걸어왔다.

'교관님?'

생전 처음 듣는 호칭이었지만, 나쁘지 않았다.

뭔가 존경을 받는 듯한 느낌이고, 권위가 있어 보인다랄까?

"험험, 뭔데 그러느냐?"

무황은 어울리지도 않은 헛기침을 두어 번 내뱉고 짐짓 뒷짐을 지고 여자 신입생을 쳐다봤다.

그녀는 들고 있는 검법서를 보이게끔 펼쳐 보이며, 손가락으로 어느 한 지점을 짚었다.

"이 부분이 잘 이해가 안 되서요. 혹시 가르쳐 주실 수 있나요?"

겉표지를 힐끔 쳐다보니 소녀검법이라고 씌어져 있었다.

'소녀검법? 이건 또 무슨 검법이래?'

무황으로서는 처음 들어보는 검법 이름이었다.

그녀가 짚어서 가르쳐 달라는 부분은 검을 내지르면서 뭘 어떻게 하라고 하는데 앞뒤 다 제외하고 그 부분만 봐서 가르쳐 주려니 도통 이해가 가지 않았다.

"한번 처음부터 펼쳐볼 수 있어?"

소녀검법을 펼쳐 보여 달라는 말을 들은 여자 신입생의 얼굴이 환해졌다.

"네넷!"

활기차게 대답하는 것도 잠시, 그녀는 잔뜩 굳은 얼굴로 자세를 취했다. 막상 누군가의 앞에서 초식을 펼쳐 보이려니 긴장한 까닭이다.

저렇게 몸이 잔뜩 긴장을 해서는 좋은 자세가 나오지 않는다. 더군다나 무공을 제대로 익히기 위해서는 무공을 펼치기에 적합한 근육들을 길러 놔야 하는데, 앞에 있는 여자 신입생은 그러한 것들이 전혀 되어 있지 않았다.

그러한 것들은 무공을 익히기에 앞서 체계적으로 준비되어야 하는 과정인데, 혼자서 모든 것을 해나가려니 제대로 이루어지지 않은 까닭이다.

쉬이이익.

"합!"

여자 신입생이 잔뜩 긴장한 얼굴로 외우고 있는 초식

을 펼쳐 내기 시작했다.

소녀검법이라는 초식은 단순하기 그지없었다.

표지에 적혀져 있는 이름처럼 여자들을 위한 검법서인
것 같은데, 초식들 자체가 부드럽고, 정교한 맛은 있는
데, 단지 그뿐이었다.

검법에 있어서 가장 중요한 것은 바로 빠르기와 중후
함인데, 소녀검법에는 그러한 것들이 빠져 있었다.

"아얏!"

한참 동안 초식을 전개하던 여자 신입생이 다리가 풀
리며 바닥에 넘어졌다.

아마도 무리하게 허리를 비틀면서 보법을 밟으려다가
다리에 걸려 넘어진 모양이다.

보법을 밟을 때는 몸의 체중을 하체에 싣고, 방위에 따
라 정확하게 움직여야 하는데 하체 훈련이 제대로 되어
있지 않으면 급작스럽게 변화하는 무게중심을 두 다리가
버텨 내지를 못하는 것이다.

흔히들 무공에 입문한 후 많이 겪는 일이다.

그녀는 넘어진 것이 창피했는지 얼굴이 홍시처럼 빨갛
게 달아올랐다.

고개를 푹 숙이며 들릴까 말까한 목소리로 말했다.

"여기까지만 할께요…… 교관님."

"수고했어. 그만 쉬고 검 이리 줘봐."

그녀가 검을 내밀자 무황이 그것을 받고는 이리저리 휘둘러 봤다.

쉭. 쉭.

싸구려 철검이었지만 균형이 잘 잡혀 있어서 검을 휘두르는 데는 문제가 없었다.

"뭐, 나쁘지 않네. 내가 한번 펼쳐 볼 테니 잘 보도록."

무황은 말이 떨어지기가 무섭게 준비자세도 없이 곧장 그녀가 펼쳤던 초식을 그대로 따라 하며 펼쳐 보였다.

발의 위치나 검을 휘두르는 방향. 체중 이동에 따른 초식의 변화.

눈이 따라가지도 못할 빠름과 소녀검법에서 말하는 부드러움이 절묘하게 어우러져 이것이 자신이 알고 있는 소녀검법이 맞는지가 의심스러울 지경이었다.

마치 물 흐르듯이 모든 것이 매끄럽게 이어지고 있었다.

그것을 본 그녀의 입이 쩍 하니 벌어졌다.

"마, 말도 안 돼!"

자신은 그 동작을 외우는데 꼬박 한 달이 넘게 걸렸다.

최근에야 가까스로 초식들을 다 외웠으나 생각처럼 잘 되지 않아 가장 어려웠던 부분을 꼭 짚어 무황에게 물어본 것이다.

그런데 무황은 자세히 보지도 않고, 자신이 펼쳐 보이는 것만으로도 그 동작들을 그대로 따라 하다니 그녀로서는 놀라울 수밖에 없었다.

순식간에 자신이 했던 부분까지 펼쳐 낸 무황이 검을 내려놓았다.

"대충 이 정도? 어때, 잘 봤어? 틀린 부분은 없고?"

끄덕끄덕.

그녀는 정신없이 고개를 끄덕였다.

"음, 다 맞다면 문제없네. 이제 왜 안 됐는지를 가르쳐 줄게."

휘익, 휘익!

무황은 그녀가 어렵다고 말한 초식을 펼쳐 보이며 중간에서 손을 멈춰 세웠다.

"바로 이 부분이었지? 다음 초식으로 연결되지 않고 자꾸 끊기는 부분이?"

"네."

"여기서는 상체만 비틀면 안 돼. 그러면 체중 이동이 되질 않아서 당연히 넘어지지. 발 안쪽에 힘을 싣고 비스듬히 골반을 틀어 주는 거야. 무게중심은 약간 앞쪽으로 쏠리게끔. 그러면 자연스럽게 허리까지 틀어지면서 검을 바깥쪽으로 내뻗을 수가 있지. 한번 해 봐."

그녀가 엉거주춤한 폼으로 무황이 말한 대로 자세를 취했다.

"이렇게요?"

무황이 그녀의 자세를 지적했다.

"더 비틀어."

"더요?"

"잠깐 거기서 발뒤꿈치를 살짝 뗀다는 기분으로 무게중심을 앞으로 해 봐. 멀리뛰기 할 때 발가락 앞쪽에 힘을 주고 하듯이 말이야. 그리고 그 힘을 모아 몸을 회전시키면서 검을 바깥으로 내뻗는 거지. 한번 해 봐."

그녀가 무황의 말처럼 자세를 하나하나 짚어 나가면서 그 초식을 연결하자.

맙소사!

여지껏 그토록 안 되던 동작이 한 번에 되는 것이 아니겠는가?

"흠, 조금 뻣뻣하기는 하지만 연습하면 나아지겠지."

무황이 만족스러운 표정으로 고개를 끄덕이자, 여자 신입생이 고마워서 어쩔 줄 모르겠다는 표정으로 고개를 숙였다.

"감사합니다. 교관님!"

"응, 그래. 하다가 모르는 거 있으면 또 물어보고."

"네!"

그 모습을 지켜보고 있던 몇몇 이들이 부러움 섞인 표정으로 그녀를 쳐다보다 삐쭉거리며 무황에게로 다가왔다.

"저어… 교관님 저희들도 좀 지도해 주실 수 있을까요?"

학생들에게 있어 최고의 지도란 아마도 어려워하는 부분을 시원하게 해결해 주는 것이 아닐까?

그런 점에서 보자면 무황은 그들에게 있어서 최고의 스승처럼 보일 것이다.

"한꺼번에 다 봐줄 수 없으니 차례대로 줄서. 앞사람부터 봐줄 테니까."

"넷!"

그 말이 떨어지기가 무섭게 근처에 있는 이들이 앞을

다투며 줄을 서기 시작했다. 순식간에 무황의 앞에서부터 문 입구까지 줄이 길게 만들어졌다.

그것을 본 무황이 득의양양한 표정으로 웃었다.

뭔가 알 수 없는 희열과 쾌감이 온몸을 훑고 지나갔다.

"크큭, 이거 재미있는데?"

❖　❖　❖

어둠이 짙게 깔린 밤.

무림학관 내에 괴한이 침입한 이후, 무림학관의 경계는 매우 삼엄해졌다.

이백 명의 무사들이 교대로 학관 내를 순찰하고, 곳곳 중요한 건물마다 고수들이 밤잠을 설쳐 가며 혹시도 모를 침입자를 찾아내기 위해 눈을 밝히고 있었다.

외부에서 들어오는 쥐새끼 한 마리도 허용하지 않겠다는 학관 측의 의지가 엿보였다.

스스스스슥.

그런 삼엄한 경계 속에 은밀하게 움직이는 인영이 있었다.

시커먼 어둠 속에서 사람이 그림자가 아른거리더니 순

식간에 사라졌다. 잠시 후, 그 인영이 나타난 곳은 십 장이나 떨어진 나무 기둥 뒤였다.

눈 깜짝할 사이에 십 장이나 이동했다는 것은 이 불청객의 경신술이 극성에 이르렀다는 것을 의미한다.

인영이 나무 기둥 뒤에서 머무르는 것은 극히 찰나의 순간.

그는 또다시 십 장이나 미끄러지듯 움직이더니 어느 전각 아래에 몸을 숨겼다.

그리고 그 인영은 위를 한번 힐끔 쳐다보더니 이내 땅을 박차고 신형을 뽑아 올렸다.

파앗!

그의 모습이 사라졌다.

그리고 잠시 후, 그가 모습을 나타낸 것은 삼백이호 방 안에서였다.

방 안에는 두 명의 여인이 잠들어 있었다.

당문화와 모용수미가 그 주인공들이었다.

"쌔액. 쌔액."

들릴까 말까한 낮은 숨소리와 함께 여인들의 방에서 나는 특유의 좋은 냄새가 코를 찔렀다.

불청객은 방 안을 한번 훑더니 별다른 이상이 없는 것

을 확인하고, 모용수미에게 다가가 그녀의 수혈을 짚었다.

모용수미는 해가 뜨기 전까지는 그 어떤 소란에도 일어나지 않을 것이다.

"모용수미에게 조금 미안하네."

불청객은 다름 아닌 무황이었다.

수혈을 짚는다고 해서 인체에 해가 되는 것은 아니나, 자신의 의지와는 아무런 상관없이 타의에 의해 좌지우지당하는 것은 기분 좋은 일은 아닐 것이다.

물론 내일 아침이 되면 아무것도 모른 채 일어나겠지만, 미안한 마음이 드는 것은 어쩔 수 없는 사실이었다.

"뭐, 앞으로 잘해 주면 되겠지."

무황은 모용수미가 잠든 것을 확인한 후 당문화에게 다가갔다.

당문화는 자신에게 어떤 일이 벌어질지도 모른 채 곤히 잠들어 있었다.

만일 조금의 기척이라도 느껴진다면 당문화가 깰지도 모르겠지만, 무황은 움직이면서도 그 어떤 기척이나 소리도 내지 않았다.

그것은 무황의 무공이 생각보다 높은 수준의 경지에

도달해 있다는 것을 의미하는 것이었다.

"잘 자고 있군."

그가 이렇듯 한밤중에 몰래 들어온 것은 당문화의 몸 속에 있는 독기를 완전히 몰아내기 위해서였다.

그녀의 몸속에는 미약한 독기가 남아 있었는데, 무황 은 매일같이 밤마다 찾아와 추궁과혈을 통해 치료를 해주 고 있었다.

처음에는 사실을 말해 줘야 하나 고민을 했었다.

하지만 그러려면 자초지종과 함께 자신의 신분을 밝히 는 것은 물론, 그녀의 신분 또한 밝혀야 했다. 그러기에 는 이미 돌아올 수 없는 길을 건너 버렸다.

화무린의 신분으로 있을 때, 행한 일들이 마음에 걸린 까닭이다.

그때야 어쩔 수 없었다고는 했지만 이유야 어찌 되었 던 한 방에서 자고, 옷 갈아입는 것도 거리낌 없이 봤으 며, 급기야 한 침대에서 잠을 자기까지 했었다.

나중에는 화무린의 신분에 대해서 알 날이 오겠지만, 그 사실은 자신이 아닌 다른 사람의 입을 통해서 들어야 만 했다.

만약 당문화가 그 사실을 알게 된다면 자신은 최하 사

망이었다.

화무린의 존재는 이대로 영원히 잊혀져야만 했다.

무황은 모용수미와 마찬가지로 당문화의 수혈을 짚고, 그녀가 덮고 있는 이불을 조심스럽게 걷어 냈다.

"쩝, 이러니 꼭 변태 같군."

무황은 속옷만 남겨 둔 채 당문화의 옷을 벗겨 냈다.

벌써 몇 번째나 보아 왔던 나신이건만, 오늘 보니 왠지 또 다른 느낌이다.

세상에서 가장 아름다운 것은 발가벗은 여인의 육신이라고 했던가?

여인들만이 가진 그 특유의 아름다움이 어둠 속에서 고혹한 자태를 뽐내고 있었다.

무황은 심호흡을 고르며 무유천심공을 끌어올렸다.

그러자 들뜬 기분이 가라앉으며, 마음이 차분해지기 시작했다.

"자, 시작해 볼까?"

무황은 반듯이 누워 있는 당문화의 몸을 주무르기 시작했다. 그리고 반 각 정도의 시간이 지나자 주무르기를 멈추고, 양손을 놀리며 전신에 위치한 주요 혈도들을 타동했다.

현재 그녀의 몸속에 남아 있는 독기는 극히 소량이었기에, 모공을 통해서 배출되지가 않았다.

방법은 단 하나.

극양의 기운으로 몸속에 있는 독기를 태워 버리는 것이다.

무황의 양손을 통해 뿜어져 나오는 극양의 기운이 당문화의 혈맥을 타고 독기들을 태우기 시작했다.

이 방법은 자칫하면 극양의 기운에 의해 혈맥이나 세맥이 터져 버릴 수도 있기에 극도로 조심해야 했다.

당문화는 고통스러운지 미간을 살짝 찡그렸지만 그것도 잠시, 이내 편안한지 입가에 미소를 머금고 있었다.

당문화는 요 며칠 동안 제대로 잠을 이루지 못했다. 그 이유는 최근 들어 매일같이 시달리는 이상한 꿈 때문이었다.

내용을 말하자면 요상하게 그지없었다.

그것은 바로 어떤 남자가 자고 있는 자신의 몸을 내려다보며 양손으로 가슴이며 둔부며, 가리지 않고 온몸 구석구석을 떡 주무르듯이 만지는 것이다.

몸은 마치 가위가 눌려 있듯 꼼짝도 할 수가 없었지만, 낯선 사내의 온기와 손에서부터 전해지는 기이한 열기가 그대로 신경세포에 전달됐다. 외간 남자에게 욕보였다는 생각에 당문화는 처음 꿈을 꾼 아침에 펑펑 울어 버렸다.

꿈치고는 너무 생생한 느낌이었다.

하지만 그것도 잠시, 며칠이 지나자 당문화의 몸에 변화가 오기 시작했다.

이놈의 신경세포들이 미쳤는지 사내의 손길이 닿을 때마다 몸속 깊숙한 곳에서부터 올라오는 쾌감과 희열을 느끼기 시작한 것이다.

더군다나 꿈을 꾸고 난 아침에는 몸이 상쾌하고, 그렇게 가벼울 수가 없었다.

그것은 몸속에 있는 독기와 탁기가 배출되었기 때문이었는데, 그러한 사실을 모르고 있는 당문화는 어리둥절할 따름이었다.

남자의 얼굴은 마치 안개가 끼어 있어 흐릿해 잘 기억이 나지 않았다.

처음에는 남궁현승인 줄로만 알고 남궁현승과 마주칠 때마다 얼굴이 후끈거려 고개를 들 수가 없었다.

하지만 며칠 동안 같은 꿈이 반복되자 꿈속의 남자가 남궁현승이 아니라는 것을 확실히 깨달을 수 있었다.

꿈이 반복될수록 남자의 얼굴이 점점 선명해지더니 지금은 그 얼굴을 또렷하게 기억할 수 있을 정도였다.

얼굴도 호감이 가는 얼굴이었고, 이목구비가 뚜렷한 게 꽤나 잘생긴 얼굴이었다.

남궁현승과는 전혀 다른 타입의 얼굴이었지만, 자꾸 그 얼굴을 떠올릴 때마다 마음이 싱숭생숭해지는 것은 부인할 수가 없었다.

"아, 나 요즘 왜 이러지?"

아무리 생각해 봐도 최근 들어 생긴 변화를 이해할 수가 없었다.

여지껏 살면서 그런 이상한 꿈은 꿔본 적도 생각해 본 적도 없었기 때문이다.

남자와의 첫 경험을 아련히 상상해 본 적은 있었지만, 그녀가 꿈꾸던 것은 이런 식으로 낭만도, 사랑도 완전히 배재되어 있는 일방적으로 수치심만 드는 행위가 아니었다.

그 덕분에 당문화는 며칠 동안 잠을 제대로 자지 못해 눈 밑이 거멓게 내려앉았다.

며칠 동안 부쩍 잠을 못 이루는 당문화에게 모용수미가 걱정스러운 표정을 지으며 물었다.

"언니. 요즘에 무슨 일이 있어요?"

"아, 아니 별로."

어디 가서 말하기도 민망한 터라 당문화는 속으로만 앓고 있을 수밖에 없었다.

"휴. 어디 가서 말할 수도 없고."

그러던 어느 날 모용수미가 일찍이 밥을 먹고 당문화에게 말했다.

"언니, 우리 수련장에 가지 않을래요?"

"수련장? 그곳에는 왜?"

"제이수련장에 기가 막히게 잘 가르치는 교관이 새로 왔대요. 우리 같이 구경 가요."

당문화는 요즘 그럴 기분이 아니었다.

밤마다 그 남자가 나타나 자신의 몸을 주무르는 통에 잠을 제대로 못잔 것이다.

어제도 잠을 제대로 못 잤더니 몸에 기운이 없어서 움직이기도 귀찮았다.

"그 교관 나이도 어리고 되게 잘생겼대요! 벌써부터 소문이 쫙 퍼졌어요!"

"그래? 나는 관심 없으니 너나 갔다가 와."

"아잉, 그러지 말고 같이 가 봐요. 네? 언니도 요즘 무공에 집중이 안 된다고 그랬잖아요. 같이 가서 그 교관한테 무공도 좀 봐달라고 말도 시켜 보고 그래요. 네?"

당문화가 그 말을 듣고는 모용수미의 꿀밤을 먹였다.

"이것아. 이제 봤더니 잿밥에 더 관심이 있구나?"

"헤헷!"

❖　　❖　　❖

제이수련장에는 때 아닌 인산인해를 이루고 있었다. 평소에는 수련장 안이 넉넉하여 수련생들이 마음껏 검을 휘두를 수 있을 정도였지만, 근래에는 수련생들이 너무 많아져 수련장이 비좁다고 느껴질 정도였다.

불과 열흘 전만하더라도 상상도 못할 일이었다.

그뿐만이 아니었다.

최근에는 수련장 안에 기이한 풍경이 연출되고 있었는데, 한쪽 구석에서부터 시작된 줄이 수련장 밖에까지 이어지고 있었다.

그 숫자만 대략 세어 봐도 삼십이 넘어가고 있었다.

"와, 이게 무슨 일이래?"

당문화와 모용수미는 이 진귀한 풍경에 놀라는 눈치였
다.

좋은 물건을 사기 위해 시장에 줄을 서는 경우는 간혹
가다가 보았지만, 무림학관 내에서, 그것도 수련장에서
이런 광경을 볼 수 있을 거라고는 생각도 하지 못했다.

수련장 안에 들어가자 밖에서 보는 것보다도 더욱 복
잡했다.

하지만 수련장 안의 열기는 그 어느 때보다도 뜨거웠다.

저마다 자리 잡은 공간 속에서 무기를 잡고, 한창 수련
에 임하고 있었다.

"저기, 저쪽인가 봐요."

모용수미가 손가락으로 어느 한쪽을 가리켰다.

그곳은 다른 곳과는 달리 유난히 사람이 북적거리고
있었다.

자세히 살펴보니 밖에까지 이어진 이 말도 안 되는 줄
이 바로 그곳에서부터 시작되고 있었다.

신입생들에게 둘러싸여 있는지라 얼굴은 잘 보이지가
않았다.

'뭐, 얼마나 대단하기에 다들 이 난리람? 그래 봤자

교관일 뿐이겠지.'

그는 특히 여자들에게 인기가 많았는데, 그 이유는 실력도 실력이지만 교관답지 않은 곱상한 외모와 구렁이 담 넘어가는 듯한 특이한 말재주 때문이었다.

그것을 증명해 주듯 그의 주위에는 유독 여자 신입생들이 많이 몰려 있었다.

기다리고 있던 남자 신입생이 자신의 차례가 되자 무황에게 말했다.

"교관님, 저는 쾌검술의 사나이가 되고 싶습니다."

"쾌검? 좋지. 어디 한 번 배운 것을 펼쳐 봐."

"옙!"

남자가 자세를 잡고, 자신이 배우고 있는 검법을 천천히 펼쳐 내기 시작했다.

쾌검술은 공격 지점과 발검의 위치를 잇는 최단 거리인 직선을 따라 공격하는 검법의 한 가지 방법이다. 그래서 쾌검을 위주로 한 검법에는 주로 찌르기가 많은 비중을 차지했다.

그래서인지 남자의 초식에는 보는 맛이 떨어지고 단순하기 그지없었다. 보는 이들이 다 지루할 지경이었다.

시간이 조금 지나자 무황이 그의 동작을 중지시켰다.

"그만!"

무황의 외침에 남자 신입생이 동작을 멈추고는 호흡을 골랐다.

모용수미가 그 모습을 보고 당문화에게 소곤거렸다.

"언니는 저 남자의 문제점이 뭔지 알겠어요?"

"글쎄, 나는 쾌검술과는 거리가 멀어서 잘 모르겠는데? 좀 몸이 뻣뻣해 보이기는 하네. 불필요한 동작들도 좀 있는 것 같고. 너는?"

당문화가 시큰둥한 표정으로 말했다.

사실 당문화는 별로 궁금하지도 알고 싶지도 않았다.

관심이 없다는 것이 정확한 표현일 것이다.

모용수미가 물어봐서 마지못해서 대답을 해주었을 뿐.

그 이상도 이하도 아니었다.

"글쎄요. 헤헷! 저도 사실은 하나도 모르겠어요. 쾌검은 배워 본 적이 없는지라."

"자네, 쾌검술을 구사하고 싶다고 했나? 그 이유를 물어봐도 되나?"

"제가 자란 동네에 도장이 하나 있었는데, 그곳 관장님이 쾌검술의 달인이셨습니다. 보고 배운 것이 그거라

저도 따라서 쾌검술을 익혔습니다.”

“그래? 생각보다 단순한 이유군. 나는 또 살수라도 되기 위해서 익히는 줄 알았지.”

“네?”

살수라는 말에 긴장했는지 남자 신입생이 깜짝 놀란 표정을 지었다.

돈을 받고 그 청탁의 대가로 사람을 죽이는 살수는, 무림인들 사이에서는 백정보다도 못한 대우를 받았다.

만능 물질 사회라고는 하지만 돈으로 사람의 값어치를 따진다는 것 자체가, 정의, 협의라는 단어에 열광하는 무림인들의 사상에 위배되는 일이기 때문이었다.

현재 무림에는 살막, 사월객잔, 부상인막, 귀문 등 여러 개의 크고 작은 살수집단들이 존재하지만 그런 이유에서 점점 무림에서 사라지고 있는 추세였다.

“아닙니다. 저는 단지…….”

“그래? 그렇다면 한 가지 조언을 해줄까?”

“네? 넷!”

남자 신입생은 잔뜩 기대한 표정으로 무황의 말을 기대했다.

하지만 무황의 입에서 나온 것은 그런 기대와는 정반

대의 이야기였다.

"자네는 쾌검술과 어울리지 않아. 신체 조건도 별로고, 심지가 약해 보여서 배운다고 한들 써먹을 대도 없을 것 같고. 그냥 다른 것을 익히는 게 어때?"

그 말을 들은 남자 신입생의 인상이 찌푸려졌다.

너무도 직설적인 무황의 말에 적대감이 든 것이다.

그래도 자신의 길이라고 생각해서 쾌검술을 익힌 세월이 오 년여 정도였다.

또한 그가 다닌 도장의 사범이 나름대로 명성을 얻은 쾌검술의 달인이라고 해서, 그동안 그에게 가져다 바친 돈은 또 얼마인가?

무황의 말을 인정하는 것은 지난 오 년여 정도의 세월 동안 바친 자신의 노력을 무시하는 말이었다.

사내는 그 이유라도 알아야겠다고 생각했는지 곱지 않은 목소리로 물었다.

"그게 무슨 소리입니까!?"

"내가 너무 솔직하게 말했나? 하지만 말이야. 자네 여지껏 사람을 죽여 본 적이 있나?"

그 말에 사내가 선뜻 대답을 하지 못하고 우물쭈물 거렸다.

"아직 경험이 없는 모양이군."

"네."

대답을 하는 사내의 얼굴이 조금 붉어졌다.

"그것은 부끄러워해야 할 일도 자랑스러워해야 할 일도 아니야. 하지만 무림에서 발을 딛고 살아가려면 언젠가는 겪어야 할 일이지. 자네가 왜 무림인이 되려고 하는지는 모르겠지만, 쾌검술은 말이야. 가장 빠른 시간 안에 적을 효과적으로 죽이기 위해서 만들어진 검술이야. 다른 것은 일절 배제한 채 직선으로 검을 뻗어 단숨에 상대의 목구멍을 뚫는 것이지. 목구멍이 뚫린 상대는 끽소리도 못하고 그대로 죽는 거야. 말을 하고 싶어도 목구멍에 바람구멍이 생겼는데 무슨 수로 말을 하겠어?"

무황이 계속해서 말을 이었다.

"검술은 사람을 살릴 수도, 죽일 수도 있지. 그것은 불가나 도가에서 말하는 활검 같은 경지를 말하는 게 아니야. 사람을 살리고자 휘두르면 그게 활검이요, 죽이고자 검을 쓰면 그것이 사검인 거지. 그런데 쾌검술은 사람을 죽이는 것밖에 할 수가 없어. 뭐 물론 나 정도 수준에 이르게 되면 꼭 그런 것만도 아니지만 지금 자네 정도의 수준으로는 어림도 없는 일이지. 그럴 바에는 처음부터 다시 시작하는 게 오히려 빨라. 살수가 될 게 아니라면 말이지."

들고 보니 하나같이 맞는 말뿐이었다.

여기 있는 그 누구도 무황의 말에 반박하지 못했다.

오히려 그의 말을 동조하듯 고개를 끄덕이는 이가 더 많았다.

몇몇 이들은 남자 신입생과 마찬가지로 쾌검을 추구하는 이들이 있었는데, 그들의 표정은 하나같이 똥 씹은 표정들이었다.

무황의 말을 들으니 그동안 자신들이 헛고생을 한 것 같은 기분이 든 것이다.

무황이 남자 신입생의 등을 두들기며 말했다.

"너무 풀 죽을 필요는 없어. 만류귀종이라고 어차피 무공의 추구하는 본질은 다 비슷하니까. 혹시 시간이 되면 장서각에 들려서 난월검법이라는 무공서를 찾아봐. 꼭 빠른 것만이 좋은 것은 아니야. 부드러움 속에도 쾌가 존재한다. 오래전 무당의 허도진인이라는 분이 하신 말이지. 그걸 보면 도움이 될 거야."

남자 신입생이 기묘한 표정을 지으며 발걸음을 입구 쪽으로 돌렸다.

발걸음에는 힘이 하나도 없어 보인다. 아마도 모르긴
몰라도 그의 머릿속은 복잡하기 이를 데 없을 것이다.

무황의 말 몇 마디 들은 것으로 걸어왔던 길을 포기하
기에는 오 년이라는 세월이 너무 아까운 까닭이다.

"쯧쯧, 나는 사실대로 말해 줬으니 선택은 본인이 하
겠지. 다음 사람!"

모용수미가 당문화에게 소곤거렸다.

"언니, 잘 안 보여요. 조금 더 앞으로 가요."

모용수미는 키가 작은 탓에 제대로 된 구경을 할 수가
없었다.

힐끗힐끗 교관의 모습이 보이기는 했지만, 그녀는 조
금 더 앞으로 가서 교관이 신입생들을 지도하는 것을 보
고 싶었다.

모용수미가 당문화의 손을 잡고 이끌자 그녀가 못이기
는 척 따라갔다.

다음 순번은 여자 신입생이었다.

그녀가 자신의 차례가 되자 한 걸음을 내딛으며 앞으
로 걸어 나왔다.

눈망울이 초롱초롱한 게 꽤나 귀엽게 생긴 여자애였다.

"잘 부탁드립니다."

당문화와 모용수미도 사람의 벽을 돌아 무황과 오 장 이내까지 다가왔다. 그제야 무황의 얼굴이 확실하게 보였다.

"휴, 이제야 좀 잘 보이네. 그죠 언니?"

"으응, 그러네."

"와아, 잘생겼네. 저 교관!"

모용수미가 무황의 얼굴을 먼저 확인했다.

그리고 당문화도 무황의 얼굴을 확인했다.

"……!"

모용수미 손에 이끌려 무황의 바로 옆까지 온 당문화는 무심코 그의 얼굴을 보는 순간 그 자리에서 얼어붙고 말았다.

너무나도 낯익은 얼굴.

'이건 말도 안 돼는 일이야!'

당문화가 그 자리에서 털썩 주저앉아 버렸다.

"언니, 갑자기 왜 그래요?"

모용수미가 깜짝 놀라며 당문화를 부축했다.

하지만 한번 풀린 다리에는 힘이 들어가지 않았다. 당문화는 모용수미의 도움으로 몸을 일으키기는 했지만, 당문화의 정신은 공항에 빠져 있었다.

'말도 안 된다! 어찌, 꿈속에 있는 자가 여기에 있을 수가 있단 말인가? 혹시 내가 착각한 것은 아닐까?'

당문화는 용기를 내어 다시 한 번 교관의 얼굴을 확인했다.

분명했다.

매일같이 꿈속에서 자신의 몸을 유린하던 그 남자!

그와 동시에 교관의 눈과 당문화의 눈이 허공에서 마주쳤다. 교관의 입술이 슬며시 올라가더니 자신을 보며 씨익 하고 웃었다.

뭔가 의미심장해 보이는 웃음이다.

당문화는 그와 눈이 마주치는 순간 자신의 속내를 훤히 들킨 것 같은 착각에 사로잡혔다.

'저 교관이 나에 대해서 뭔가를 아는 걸까? 왜 저렇게 웃는 거지?'

온갖 생각이 머릿속에 떠올랐다가 사라졌다.

당문화가 교관의 눈을 피해 고개를 홱 하니 돌렸다.

"나, 나 갈래."

"네?"

당문화는 대답도 하지 않은 채 모용수미의 손길을 뿌리치며, 도망치듯 수련장을 나와 버렸다.

모용수미가 그런 당문화를 부르며 잽싸게 뒤쫓아 갔다.

"언니! 언니! 같이 가요!"

한편 모용수미와 당문화의 얼굴을 확인한 무황은 고개를 갸웃거렸다.

"응? 저건 당문화랑 수미 아니야? 여기는 웬일이지? 이런 데는 잘 안 오던 애들인데? 그나저나 당문화가 어디 아픈가? 혹시 치료가 아직 덜됐나? 반가워서 웃어 줬더니 왜 도망가고 난리지?"

아마도 무황은 죽었다 깨어나도 당문화의 속사정을 알리가 없을 것이다.

"혹시 치료가 덜됐나?"

무황이 중얼거리는 소리를 다음 차례의 남자 신입생이 받았다.

"교관님 뭐가 잘못됐나요?"

"응?"

"저한테 하신 소리 아니었어요?"

무황이 고개를 좌우로 흔들었다.

"아니야. 어서 시전 해 봐."

"네! 잘 부탁드리겠습니다!"

무황의 말에 남자 신입생이 자세를 잡고 초식을 시전
하기 시작했다.

한편, 당문화는 수련장 담벼락에 등을 기대고 숨을 몰
아쉬고 있었다.

"헉헉헉……."

너무 놀라서 심장이 쿵쾅거리고, 다리가 후들거렸다.

잠시 벽에 등을 기대고 있자 어느 정도 진정이 되기 시
작했다.

"언니! 도대체 무슨 일이에요?"

뒤쫓아 온 모용수미가 물었다.

"갑자기 어지러워서."

당문화가 손으로 이마를 짚자, 모용수미가 걱정스러운
표정으로 말했다.

"안색이 창백해요. 의왕전에 가서 약이라도 지어 올까요?"

"아니야. 됐어. 방에 가서 쉬면 괜찮아질 거야."

"부축이라도 해드릴까요?"

모용수미가 가뜩이나 조그만 몸으로 당문화를 부축하
기 위해 옆으로 다가오자 그녀가 살며시 모용수미의 몸을
밀어냈다.

"그 정도까지는 아니니까 괜찮아."

"그러면 방까지 같이 가요. 제가 데려다 드릴게요."

당문화는 괜찮다고 말하려다가 모용수미가 끝까지 고집을 부릴 것 같아서 그냥 고개를 끄덕였다.

당문화가 걸음을 옮기면서 모용수미에게 물었다.

"수미야. 그런데 혹시 그 교관 이름 알아?"

"방금 본 교관이요? 이름은 왜요?"

"그냥 궁금해서그래."

"피, 언니도 그 교관이 마음에 들었구나. 현승 오빠한테 다 일러 줄 거예요!"

모용수미가 허리춤에 앙증맞은 주먹을 척하니 올리면서 당문화를 나무랬다.

하지만 친절하게도 무황의 이름을 알려 주는 것을 잊지 않았다.

"천무황이라던데요?"

"천무황이라……."

당문화는 그 이름을 입안에서 가만히 굴려 보았다.

그 모습을 보고 모용수미가 또다시 놀려댔다.

"어? 진짜 마음에 들었나 보네?"

❖　　❖　　❖

　약재 냄새가 가득 맴돌고 있는 방 안.

　방 가운데 놓인 탁자 위에는 심신을 상쾌하게 해준다
는 백리향이 피어오르고 있었고, 그 뒤 침상에는 환자로
보이는 노인이 누워 있었다.

　백리향은 한 줌 가격은 같은 양의 금으로도 구할 수 없
을 만큼 진귀한 약재이다. 그런 백리향이 탁자 위에 가득
놓여져 있었다.

　그러고 보니 방 안에 있는 물건 어느 하나 귀하지 않은
물건이 없었다.

　침상에 누워 있는 노인이 입고 있는 의복 또한 최고급
재질로 만든 비단옷이었다.

　어디 그뿐이랴?

　그가 누워 있는 침대밑 판에는 그 크기에 맞게 만년한
옥을 깔려 있었다.

　만년한옥은 북해에서도 가장 춥다는 극한의 오지에서
만 채취할 수 있는 광석으로, 품속에 품고만 있어도 소량
의 내공이 쌓이고, 불순한 기운을 물리쳐 준다고 하여 부
르는 게 값이라고 할 정도로 매우 귀한 물건이었다.

도대체 누워 있는 이가 누구기에 이렇듯 극도의 호사를 누리는 것일까?

침상에 누워 있는 노인은 다름 아닌 무림맹주 백리운이었다.

무림에 발을 붙이고 있는 무림인이라면 그 이름 석 자 모르는 이가 없을 정도로 유명한 이가 바로 그였다.

불과 삼십년 전만 하더라도 수많은 호사꾼들은 그의 무림행보에 대해 이야기 짓기에 바빴고, 그와 이야기를 한번 나누어 보려고 찾아온 영웅호걸들은 늘 대문 밖에 넘쳐 났다.

협객과 의협이라는 이름 아래 그의 발밑에 무릎을 꿇은 이가 수천이요, 그가 내민 기치 아래 모여드는 이가 수만을 헤아렸다.

백리운이라는 이름이 가진 힘은 생각보다도 꽤 큰 것이었다.

하지만 그것은 이제 부질없는 옛 광명일 뿐이었다.

지금은 제 한 몸을 가누지도 못해서 밖으로 나가기는 커녕, 침대 위에서 대소변을 다 받아 내야 하는 병든 늙은이일 뿐이었다.

그에게는 그 어떤 희망도 기약도 존재하지 않았다.

마지못해 살고 있을 뿐.

그 이상도 그 이하도 아니었다.

똑똑.

가볍게 문을 두드리는 소리와 함께 방문이 열리면서 누군가가 방 안으로 들어왔다.

그는 다름 아닌 대공자 백리종운이었다.

"저 왔습니다."

혹시 백리운이 대답이라도 해주기를 바라는 것일까? 하지만 그에게 되돌아오는 것은 침묵뿐이었다.

"……."

백리종운이 침상 위에서 잠시 자신의 아버지를 내려다봤다.

나이가 이제 육십이 조금 넘었건만, 오랫동안의 병마로 인해 십 년은 더 늙어 보이는 모습이다.

예전에 자신이 그토록 무서워하던 아버지는 온데간데없고, 눈앞에는 그저 병마와 싸우다 지쳐 잠든 노인이 보일 뿐이었다.

그의 얼굴에는 뭐라 말할 수 없는 복잡한 표정이 서려 있었다.

반쯤은 동정을 담은, 하지만 반쯤은 조소를 담은 그런

표정이었다.

"무엇에 그리 미련이 남아 아직도 명줄을 움켜쥐고 계시는 겁니까? 아직도 이루고 싶은 광명이라도 남아 있는 겁니까?"

백리종운에 말에 백리운의 미간이 꿈틀거리더니, 굳게 닫힌 눈꺼풀이 천천히 밀려 올라갔다. 힘없이 반쯤은 감겨 있는 눈꺼풀 아래로, 백리운의 눈동자가 천천히 내려가면서 백리종운을 응시했다.

핏기라고는 전혀 보이지 않은 그의 메마른 입술이 느릿하게 벌어지더니 이내 깊은 숨을 토해 냈다.

"하아… 콜록, 콜록!"

백리운이 힘겨운 듯 기침을 토해 내더니 잠시 후 그의 입을 통해 말이 흘러나왔다.

"무림맹주의 자리가 그리도 탐났더냐?"

백리운은 자신이 오랜 세월에 걸쳐 천천히 중독되었다는 것을 알고 있었다.

그리고 그 배후에 백리종운이 있다는 것도 알아냈다.

하지만 그는 아무런 행동도 취할 수가 없었다.

어차피 철저히 고립되어 있는 자신이었기에 도움을 청할 때도 없었고, 백리종운이 그런 비뚤어진 심성을 갖게 된 이유에는 자신의 책임이 크다고 여겼기 때문이었다.

그는 자신이 이렇게 된 것은 자신이 책임져야 할 업보라고 생각하고 있었다.

백리종운이 소리 죽여 웃었다.

"제가 고작 맹주 자리를 얻고자 이러는 줄 아십니까? 틀렸습니다. 당신은 저를 몰라도 너무 모르고 있습니다. 큭큭!"

"사도련은… 무서운 곳이다. 그들과 무슨 모종의 거래를 했는지는 모르지만, 아마 네 뜻대로 되지 만은 않을 것이다."

백리운은 그 말을 끝내기가 무섭게 기침을 토해 냈다.

"콜록, 콜록!"

기침 속에는 검붉은 피와 함께 내장 조각이 섞여 나왔다. 내장이 상했다는 것은 몸의 상태가 극도로 나빠졌다는 말. 무형지독의 독기들로 인해 그의 장기들이 상할 대로 상해 있다는 것을 의미했다.

아마도 천운이 닿지 않는 한, 지금의 상태로는 백리운이 몸을 회복하기는 거의 불가능에 가까운 일일 것이다.

백리종운이 흰 천을 꺼내 그의 피를 닦아 주며 말했다.

"큭큭, 저는 당신과는 다릅니다. 그들이 바라는 것처

럼 그리 쉽게 허수아비 맹주가 될 생각은 없습니다. 저는
잃을 것도 두려울 것도 없습니다. 그런 제가 무엇을 두려
워하겠습니까?"

"그들은 무섭고 치밀한 자들이다."

"그들이 얼마 전에 저에게 여자를 붙여 주더군요. 우
습지 않습니까? 아버지한테 했던 짓을 그 아들인 저에게
똑같이 하고 있다니 말입니다. 큭큭큭!"

그 말은 들은 백리운의 얼굴에는 복잡한 감정이 떠올
라 있었다. 그것은 아마도 그가 저지른 과거에 대한 후회
나 회한의 감정이리라.

백리운은 그것에 대한 이야기가 불편한 듯 천천히 눈
을 감았다.

눈을 감자 한참이나 오래되어 잊어버린 줄 알았던 추
억들이 주마등처럼 떠올랐다가 사라졌다.

"하아……."

백리운은 저도 모르게 한숨을 토해 냈다.

떠올리기도 싫은 기억들이 떠올라 버린 것이다.

백리운은 젊었던 시절 한 여자를 몹시도 사랑했었다.

무림행 도중에 우연히 산적에게 쫓기고 있는 여인을

구해 주었는데, 그 여인과 사랑에 빠져 버린 것이다.

그녀는 유독 산나물을 좋아하고, 값비싼 비단옷보다는 수수한 흰색 무명옷을 즐겨 입었었다. 그녀는 몹시도 아름다운 외모를 가지고 있었는데, 외모에 맞지 않은 그런 소박함과 백리운은 무척이나 마음에 들었다.

백리운은 결국 그녀와 결혼을 했고, 그녀와의 사이에서 자식도 한 명 낳았다.

그가 바로 백리종운이었다.

그녀를 만난 후, 일이 잘 풀리려는지 하는 일마다 잘되고, 천년산삼을 우연히 발견하는 기연까지 얻게 되었다. 천년산삼을 복용 후 내공이 급증되어 무공의 성취 또한 빨라졌으니, 그가 승승장구하는 것은 정해진 수순이나 다름없었다.

결국 그는 무림맹주라는 엄청난 자리에까지 올라가게 되었다.

모든 것이 그녀 덕분에 이루어진 것 같았고, 그녀를 사랑하고, 신뢰하는 그의 마음은 하늘과도 닿아 있을 정도였다.

허나, 그 행복은 얼마 가지 못했다.

몸과 마음을 바쳐 사랑했던 여인이 사도련 측에서 보

낸 첩자라는 사실을 알게 된 것이다. 그녀는 지속적으로 주위의 기밀들을 사도련 측에 빼돌렸고, 중상모략을 통해 그를 주위 사람들과 멀어지게 만들었다.

모두가 치밀한 계획에 의해 벌어진 일이었다. 첫 만남도 결혼도, 그리고 속삭였던 사랑의 밀어들도.

백리운은 그 모든 것이 거짓이었다고 생각하자 참을 수가 없었다.

그래서 그녀를 백리종운이 보는 앞에서 죽여 버리고 말았다.

백리종운에게는 차마 못할 짓을 저질러 버리고 만 것이다.

그는 일 년 정도를 술과 씨름을 하며 허송세월을 보냈는데, 그러던 중 한 여인과 하룻밤을 보내게 되었다.

어떤 운명의 이끌림이 서로에게 작용한 것일까?

백리운은 여인의 이름도, 나이도, 사는 곳도 아무것도 모른 채.

그녀의 작고 가녀린 품속에서 지친 몸과 마음을 달랠 수가 있었다.

다음 날 아침, 그 여인은 백리운이 깨어나기도 전에 모습을 감췄고, 그 후 일 년 뒤 그의 앞으로 한 갓난아이가 천에 쌓인 채 그에게 보내졌다.

백리운은 한눈에 그 아이가 자신의 핏줄이라는 것을
알아봤다.

단 하룻밤의 대가라고 하기에는 그가 가진 신분이나
위치가 결코 작은 편이 아니었다.

후회를 해 봤자 이미 엎질러진 물을 주워 담을 수는 없
는 법.

백리운은 그 아이를 자신이 키울까도 했지만 상황이
여의치가 않았다.

외부에서는 백리운이 미쳐서 부인을 죽였다는 말이 나
돌고 있었고, 백리종운 또한 자신이 보는 앞에서 어머니
가 죽었다는 충격에서 헤어나질 못하고 있었다. 그러는
와중에 어찌 자신이 밖에서 낳은 아이를 자식이라고 키울
수 있겠는가?

그것도 정체도 모르는 여인과의 하룻밤 사이에서 낳은
자식을.

차마 자신의 아이인 것을 알고 죽일 수는 없었던 백리
운은 결국 그는 자신의 징표를 달아, 아이를 사천당문에
보낼 수밖에 없었다.

하지만 지금 와서 생각해 보면 그 또한 후회스러운 짓

이었다.

백리종운이 자신에게 가지고 있는 적대감이 이렇게 클 줄은 상상도 못한 것이었다. 눈앞에서 어머니가 죽어 가는 모습을 지켜본 자식의 심정을 헤아리지 못한 게 죄라면 죄일 수가 있겠다.

백리운은 그저 참담한 기분이었다.

그 어떤 말과 행동으로 백리종운에게 용서를 빌어야 한단 말인가?

한참 후에야 백리운이 눈을 뜨더니 느릿하게 말했다.

"세상이… 그렇게 네 마음대로 될 성싶으냐?"

"사도련은 저를 손안에 넣으려고 하지만, 저는 그들의 뜻대로 움직이지 않을 겁니다."

"사도련주 막도일은 생각보다 강한 자다. 너는 아직 그를 상대할 수가 없어."

"언제 제가 그를 상대한다고 했습니까? 그를 상대할 자는 따로 있습니다."

그 말에 백리운의 눈의 시선이 천천히 백리종운을 향해 움직였다.

말은 하지 않았지만, 그의 얼굴에는 의문이 가득했다.

"마교."

백리종운이 짧게 말했다.

그 말에 백리운의 눈이 더 이상 커질 수 없을 만큼 부릅떠졌다.

설마 백리종운이 말한 마교가 자신이 알고 있는 그 마교를 지칭한 것이란 말인가?

십만대산(十萬大山)에 본거지를 틀고, 호시탐탐 무림을 침공하기 위해 기회를 엿보고 있는 단일 문파.

단일 문파라고는 하지만, 문도 수가 십만을 넘어서고, 그들 하나하나의 충성심은 대단하여 교주의 명이라면 기꺼이 불속에라도 뛰어든다고 알려져 있다.

또 어디 그뿐인가?

전투에 임할 때는 피와 눈물도 없이 잔인하여, 어린아이와 노인들도 가차 없이 죽이며, 그들의 공격을 받은 곳은 마당에 잡초 뿌리 하나도 남지 않는다는 말까지 떠돌고 있었다.

마교에서 태어난 아이들은 세 살 때부터 검을 휘두르며, 무공을 배우기 시작한다.

열 살 때가 되면 대부분 이류 수준의 무사가 되고, 그때부터 크고 작은 전투에 투입된다. 실전 경험들을 통해

진정한 마교의 고수로 길러지는 것이다.

그런 그들의 무공 수위는 가히 일당백.

무림에 그토록 많은 문파들이 마교를 무서워하는 것은
어쩌면 당연한 일인지도 몰랐다.

마교는 철저한 강자존의 법칙을 따른다.

양육강식!

적자생존!

오로지 강자가 되기 위해 절치부심 노력하고, 또 강자
만이 대우를 받는 곳이 바로 마교이다.

마교의 모든 권한은 교주에게 일임되어 있으며, 그 아
래로 부교주와 장로들이 교주를 보필하고 있었다. 그래서
일인지하 만인지상의 자리라고도 불린다.

마교 내에는 무인들만이 사는 것이 아니라 일반 농민
들도 살고 있는데, 그들은 모두 마교의 교도들이다.

태어날 때부터 마교인으로 태어나고, 죽어서까지 마교
인의 교도로 죽는 것이다. 그들로서는 선택의 여지가 없
는 셈이다.

그렇게 때문에 마교란 그들에게 있어서 삶의 터전이요,
삶의 모든 것이라고 볼 수가 있었다.

십만대산이 위치한 신강성은 사람이 살기에는 척박한

환경이라 마교가 호시탐탐 중원을 노리고 있는 것으로 알
려져 있었다.

마교의 무공들은 하나같이 살기가 짙은 무공들로, 보
여주기 위한 것보다는 현실적이고 공격적인 무공을 추구
하는 그들의 성향에 맞게 발전해 나간 것이다.

마교가 중원을 마지막으로 침공한 것은 지금으로부터
백 년 전.

그들이 중원을 침공하기 위해 여지껏 힘을 비축하고
있던 것이라면, 조용했던 강호는 이들의 등장과 함께 피
비린내가 진동하며 혈겁의 소용돌이에 빠져들게 될 것이
다.

백리운은 그 점을 염려하고 있었다.

"마교와 손을 잡은 것이냐?"

"선택의 여지가 없었습니다."

"어찌 이리 타락했느냐? 마교는… 네 생각보다 훨씬
잔인하고, 탐욕스러운 자들이다. 네가 그들에게 발판을
제공한다면 그들은 무림을 잔인하게 집어삼켜 버릴 것
이야."

"제가 잃을 게 뭐가 있다고 두려워하겠습니까? 어차피
밑바닥인 것을…… 큭큭! 제가 이런 선택을 할 수밖에 없

었던 것은 아버지도 알아주셨으면 합니다. 제가 이런 이럴 수밖에 없었던 것은 아버지인 당신의 탓도 있으니까요!"

그 말을 들은 백리운의 얼굴에는 지나온 세월에 대한 후회스러움이 가득했다. 그가 아무리 대단하고 강한 무인이었다고는 하지만, 한낱 사람이라는 동물.

과거에 집착하고 후회하고, 또 그러한 과오를 되풀이하지 않기 위해 노력하는 게 사람이 가진 습성이 아니던가?

그런 범주에서 보자면 백리운 또한 강인한 무인이기 이전에 하늘 아래 존재하는 무수히 많은 사람들 중에 한 명일 뿐이었다.

"부정할 생각은 없다. 다 내 탓이다. 미안하구나."

"이미 칼은 뽑았습니다. 이미 그들은 중원 속에 들어와 있습니다."

백리운은 더 이상 그것에 관해 할 말이 없었다.

어차피 자신은 하루하루를 힘겹게 살아가는 병자일 뿐, 지금 와서 돌이켜 보면 무엇을 위해 그렇게 열심히 살아왔나 싶을 정도였다.

무림 따위는 이제 어떻게 되도 상관없었다.

다만, 그에게 한 가지 마음에 걸리는 것이 있었다.

"당문화."

백리운의 속마음이라도 읽은 것일까?

돌연 뱉어지는 백리종운의 말에 백리운의 눈이 또다시 부릅떠졌다.

눈가가 파르르 떨리는 것이, 진정으로 놀란 눈치였다.

"어찌, 어찌… 네가 그 이름을?"

"큭큭, 세상에 영원한 비밀이 있을 것이라고 생각하셨습니까? 아, 이제는 백리문화라고 불러야 하는 걸까요?"

"이놈!!!!"

어디서 그런 힘이 생긴 것일까?

다 죽어 가던 백리운이 벌떡 일어나며 노성을 내질렀다. 하지만 그것도 잠시 그는 또다시 걸쭉한 기침을 토해 내며 쓰러지듯 침상 위로 쓰러졌다.

"쿨럭, 쿨럭!"

그런 백리운을 백리종운이 쳐다봤다.

병든 아버지를 바라보는 자식의 눈빛이라고 생각하기에는 싸늘하기 그지없었다.

"어미에게 버림받고, 당신에게 버림받은 제게 일말의 동정이라도 남아 있기를 기대하지 마십시오. 모든 사실을 안 그날 저에게 남아 있는 온정은 모두 메말라 버렸으니까요."

"그 애만은 안 된다! 그래도 네 여동생이지 않느냐?"

"그래서 더욱 용서할 수 없다는 겁니다. 제가 세상의 질시와 질타를 받으며 살아가는 동안 그 아이는 온갖 부귀영화와 따뜻한 부모의 온정을 느끼며 살아오지 않았습니까? 그런데 지금 와서 그 아이가 제 모든 것을 빼앗아 가려고 하고 있습니다. 개새끼도 자신의 밥그릇을 지키기 위해서는 주인도 무는 법이라고 했습니다. 절대 용서할 수 없는 일이지요."

"그 아이는 당문가의 자식으로 살아가게 될 것이다. 맹주의 자리는 네 것이 될 것이야!"

백리종운이 고개를 가로저었다.

"이미, 늦었습니다. 사도련에서도 그 사실을 알아냈습니다. 그들은 어떻게든 후환의 싹을 미리 제거하려고 들 것입니다."

"아아."

백리운이 탄식에 가까운 신음 소리를 내며, 이내 혼절하고 말았다.

평소보다 말을 너무 많이 하여 기력이 다한 탓이다.

언젠가는 이런 날이 올 것이라는 막연한 예상을 했지만, 생각보다도 시기가 조금 빨랐다.

더군다나 자신이 이런 상태만 아니라면 어떻게든 수습을 해 보려고 할 테지만, 지금은 그럴 만한 처지도 아니었다.

　백리종운이 혼절해 있는 백리운을 내려다보며 중얼거렸다.

　천하를 호령하는 무림맹주의 모습이라고는 생각할 수 없을 만큼 처량하고, 볼품없는 모습이었다.

　그 모습을 보고 백리종운이 주먹을 꽉 쥐었다.

　"나는 당신처럼 그렇게 초라하게 늙지는 않을 것이오. 천하를 오시하고, 또 강력한 힘 아래 모두를 굴복시킬 것이오!"

　순간 백리종운의 안광에서 보라색 기류가 폭사되어 방 안을 밝혔다.

　이는 십대 마공 중에 하나인 자전마공(紫電魔功)을 삼성 이상 익혔을 때 나타나는 현상이었다.

　설마 백리종운은 자전마공을 익혔단 말인가?

　자전마공은 극양의 무학으로, 익히기는 힘드나 한번 익히면 자연스럽게 자색의 기류가 몸을 보호하고, 언제나 진기가 자연스럽게 흐르기에 자고 있을 때도 내력이 증진된다.

하지만 치명적인 단점이 있으니 자전마공은 최강의 양강지학이라 그 수준이 오성 이상에 이르게 되면 여체를 통해 시도 때도 없이 음기를 보충해야 했다.

또한 자전마공은 그 어떤 상승무공보다도 빨리 익힐 수 있으나, 알려진 후반부의 구결이 불안정하여, 주화입마에 걸리거나 자칫 인성을 잃어버릴 수도 있었다.

그런 이유에서 뛰어난 상승무공임에도 불구하고 마교 내에서도 익히려고 드는 자가 많지 않았다.

하지만 자전마공이 가진 파괴력만 두고 봤을 때는 십대 마공에서도 상위를 다툴 만한 뛰어난 마공임에 분명했다.

"자하신공이 완성된다면…… 나는 그 누구도 두렵지 않은 최강자가 될 것이오!"

〈『천하제일 호위무사』 제3권에서 계속〉

천하제일 호위무사

1판 1쇄 찍음 2013년 1월 7일
1판 1쇄 펴냄 2013년 1월 10일

지은이 | 이민우
펴낸이 | 정 필
펴낸곳 | 도서출판 **뿔미디어**

편집장 | 이재권
기획 · 편집 | 문정흠
편집디자인 | 이진선
관리, 영업 | 김기환, 임순옥

출판등록 | 2002년 9월 11일 (제1081-1-132호)
주소 | 부천시 원미구 상3동 533-3 아트프라자 503호 (우)420-861
전화 | (032)651-6513 / 팩스 (032)651-6094
E-mail | bbulmedia@hamail.net

값 8,000원

ISBN 978-89-6775-092-3 04810
ISBN 978-89-6775-090-9 04810 (세트)